ON DIRAIT QU'ON SERAIT…

DU MÊME AUTEUR

Voir p. 173

Alain Gerber

On dirait qu'on serait…

roman

Fayard

On dirait que ce serait pour Marijosé,
et l'on n'aurait pas tort.

« Mais profite donc un peu, mon pauvre Momo ! Secoue-toi ! Tu auras bien assez le temps de bayer aux corneilles quand tu seras six pieds sous terre ! Peut-être cela amusera-t-il les asticots mais moi, tu me rendras folle ! Profite donc, bon sang ! » s'insurgeait ma mère en me voyant passer des après-midi entiers à genoux sur une chaise adossée à l'appui de la fenêtre, rue du Quatre-Septembre, tandis qu'elle pédalait sur sa machine à coudre.

A son idée, ces jeudis cotonneux que je me plaisais tant à voir dériver de l'autre côté de la vitre n'étaient pas faits pour des garçons de mon âge. Il n'y avait rien à en espérer, affirmait-elle. C'était sans doute ce qui me plaisait le plus en eux : à quoi bon prendre la peine de rêver, s'il faut que les rêves se réalisent ? Autant consulter son horoscope. Ma mère nourrissait de vraies ambitions pour son fils ; moi, je me satisfaisais de rêver à fonds perdus.

Pour lui donner le change, j'allais exécuter une ou deux glissades sur le lino sang de bœuf du couloir. Des choses comme ça. Elle aurait préféré, je le savais bien, m'entendre jouer aux mousquetaires, aux cow-boys et aux Indiens, mais il m'aurait fallu posséder pour cela une imagination que je n'ai jamais eue. Très tôt, j'ai su qu'imaginer et rêvasser étaient deux activités fort éloignées l'une de l'autre. A la fin, je me rendais dans la cuisine pour fredonner ce que j'avais retenu des chansons qui étaient sur toutes les lèvres en ce temps-là :

Dis monsieur dis monsieur pourquoi la Terre est ronde ?...
Et moi pauvre de moi j'ai ma croix dans la tê-ê-te...
Prends ma main car je suis étrangère ici...
Le jour où la pluie viendra nous serons toi et moi les plus riches du monde...

La pluie venait, on entendait sonner la cloche de la chapelle. Je retournais à pas de loup dans le séjour voir les gouttes rayer les vitres de leurs pointillés obliques et s'écraser sur les enterrements. Les passants s'arrêtaient, le dos collé au mur du laitier afin de pouvoir soulever leurs chapeaux devant la mort sans se faire rincer. Je me mettais dans la peau de ces gens-là, plus volontiers que dans celle de Kit Carson ou du dernier des Mohicans. Quand ils pénétreraient au café des Vosges, leurs manteaux dégageraient une odeur particulière, parfois une espèce de buée. Au plus fort de l'hiver, tournant sur eux-mêmes une fois passé la porte, ils frapperaient de la semelle le plancher semé de sciure de bois pour détacher la neige de leurs chaussures et leurs yeux seraient pleins de larmes, mais de celles qui ne signifient pas la tristesse.

« Profiter », disait Maman... Vivre au-dessus de ses moyens était dans sa nature. Moi, c'était vivre selon ma nature qui n'était pas dans mes moyens. De toutes les personnes que j'ai rencontrées jusqu'ici, le Patron fut sans doute celle qui se fit le moins d'illusions sur moi. Il faut dire qu'il ne s'en faisait sur personne. Il avait renoncé depuis belle lurette à s'en faire sur lui-même. Je l'entends encore, quand l'un de nous avait émergé trop tard des vapeurs d'alcool de riz (nous fréquentions les restaurants chinois du Quartier latin, qui, en ce temps-là, n'y pullulaient pas encore) : « Si tu ne te sens pas de taille à jouer le rôle du comédien ponctuel, travaille celui du comédien au chômage. Tu verras, mon petit vieux, c'est une spécialité très demandée. L'une des rares, au surplus, dont tu es à peu près sûr qu'on te la confiera un jour. » Ou bien, alors que tel ou tel (en général Leverjus) se risquait à faire le mariole en passant une scène devant lui : « Mon petit vieux, si tu persistes à vouloir jouer la comédie, commence donc par interpréter le rôle d'un comédien qui a le trac. C'est le rôle des rôles : tous les autres n'en sont jamais que des variantes. »

Tout ça, je dois le préciser, avec la voix de Louis Jouvet. Enfin presque. Disons avec une voix qui ressemblait à celle que prenaient les imitateurs du grand comédien, mort au début de la décennie. J'imagine que le Patron se sentait à contre-emploi dans son propre rôle. Il s'était fait tailler dans du prince-de-galles d'avant guerre la veste croisée de Jouvet. Il arborait la pochette blanche de Jouvet et, pour couronner le tout, portait le chapeau de Jouvet dans *Entrée des artistes*, le film où, si j'ai bonne mémoire, le professeur d'art dramatique que celui-ci interprète se fait appeler « Patron » par ses étudiants – comme Jouvet lui-même par les membres de sa troupe.

Ce chapeau, il y tenait comme à la prunelle de ses yeux. Dans la rue, il l'ôtait au premier signe d'averse et le tenait contre son cœur, protégé non seulement par son manteau ou son imper, mais par la fameuse veste. Pendant les cours, en revanche, rien ni personne n'aurait pu le lui dévisser de la tête. Je dis les cours : il faut bien appeler ça d'une façon ou d'une autre. Comme professeur, soyons franc, il ne valait pas un clou. Mais Colombes n'est pas le bout du monde et dans les gargotes que nous fréquentions à l'occasion de nos virées parisiennes, du côté de la rue Saint-Séverin, les additions restaient à la portée de notre débine. Le plus souvent, nous trouvions même, en raclant nos poches, de quoi assister ensuite à la dernière séance du Champollion, vautrés sur ces fauteuils de bois fameux dans tout l'hémisphère pour vous ankyloser le postérieur avant la fin de la première bobine. *Vacances romaines* figurait encore au répertoire des cinémas d'étudiants et le regard violet d'Ornella Campieoni commençait de fleurir les murs. Nous arborions des pipes du dernier cri sorbonicole (c'est-à-dire longues, fines et cintrées), des nœuds papillons, des duffel-coats café au lait et nous nous déplacions dans la 4-chevaux d'occasion que possédaient en commun Simoneau et Girardel, mais que Leverjus conduisait comme une Maserati aux Vingt-Quatre Heures du Mans. Les plus belles années de notre vie n'ont pas compté que de mauvais moments.

«Mon petit vieux – soupirait le Patron en nous observant par en dessous, le galurin penché sur le sourcil –, tu es au théâtre et, au théâtre, il n'y a qu'une façon d'être bon, c'est de le paraître. A choisir, il vaut mieux le paraître sans l'être, comme la plupart de nos têtes d'affiche, que l'être sans en donner l'impression. Parce qu'on peut faire du théâtre avec des cabots, mais on ne fait pas de théâtre sans théâtre. Le talent, au théâtre, c'est d'abord l'illusion du talent, et l'illusion demande beaucoup plus de talent que le talent lui-même. »

Maintenant, ne vous méprenez pas : il ne nous enseignait pas plus l'illusion que le reste. Il se contentait de travailler du chapeau, si je puis me permettre. Au moins, chez lui, l'inscription n'était-elle pas ruineuse – même pas absolument ruineuse pour le budget d'une couturière à façon de la rue du Quatre-Septembre. Il ne vous demandait pas de réciter l'annuaire du téléphone à l'envers, de ramper à moitié nu sur le plateau ou de vous masturber devant tout le monde. Il ne vous ordonnait pas, comme à l'Actor's Studio, de jouer le rôle d'une chaise, en vous accablant de sarcasmes sous prétexte que votre regard ne reflétait pas une conscience de chaise, mais une vague mentalité de porte-parapluies. Mon Petit Vieux se contentait de vous faire répéter des scènes usées jusqu'à la trame – Molière, Musset, Feydeau, Labiche – avant de laisser tomber, en même temps que trois centimètres de cendre de sa sempiternelle américaine, quelque chose comme : « Ce n'est pas toi, mon petit père, c'est le public qui doit te prendre pour un comédien. »

Il pouvait parler, franchement ! Dans le genre m'as-tu-vu, avec son costume d'un autre âge, sa pochette qui commençait à jaunir, son feutre à la gomme et ses intonations de contrebande, il se posait un peu là. Je me souviens d'après-midi où il nous portait à ce point sur les nerfs que nous l'aurions volontiers balancé par la fenêtre s'il n'avait donné ses cours dans un sous-sol aménagé. Et lui, tranquille comme Baptiste, les revers semés de chenilles d'argent, continuait de tirer sur sa Chesterfield en fermant à demi l'œil droit.

Dans ces moments-là, il ressemblait plutôt à Humphrey Bogart. Bogart interprétant Jouvet. Ce n'était que de la frime de buffet de gare, peut-être bien, pourtant ça vous avait une fameuse allure ! Vous sentiez la petite bête, le petit mille-pattes si difficile à tirer de son trou, vous remonter le long de la colonne vertébrale. Nous qui – Valentine Lambrecht exceptée – ricanions dans le dos de cet homme, aurions-nous su faire moitié aussi bien que lui avec un simple feutre pour accessoire, et devant un public aussi mal disposé que nous l'étions à son égard ? Qui se mentait le plus ? Lui qui croyait nous apprendre quelque chose, ou nous qui croyions n'avoir rien à apprendre de lui ? Lui qui avait renoncé à tout, sauf à ce rôle, ultraconfidentiel, du petit Jouvet de Colombes, ou bien nous qui n'aurions pas hésité à relever Gérard Philipe au Palais de Chaillot si quelqu'un avait été assez inconscient pour nous le proposer ?

Nous nous hâtions de le singer dès qu'il avait quitté la pièce. Du moins on essayait. Ç'aurait dû être facile : ça ne l'était pas tant que ça. Rien n'est facile, dans ce métier, dès qu'on ne se contente plus de faire semblant. Dans les autres activités, il existe des garde-fous. A-t-on jamais entendu parler de simulateurs en ébénisterie ? En plongeon de haut vol ? En chirurgie cardiaque ? Tandis que dans notre partie, comment distinguer un comédien qui joue à être un type, d'un type qui joue à être un comédien ?

Bien entendu, nous ne nous aventurions pas sur un terrain aussi glissant. Pas plus que nous ne prenions le risque de nous regarder avec les yeux d'une personne qui aurait payé sa place pour nous voir ou, pis, qui se serait trouvée là en service commandé pour griffonner un article.

Nous préférions souligner sans délai la lourde responsabilité de la critique et du public dans nos bides à venir. Encore qu'il se gardât comme de la peste de l'insondable ennui des assemblées générales et laissât à plus expérimenté que lui les risques des manifs en faveur de l'indépendance algérienne, le grand Simoneau se targuait de militer à l'UNEF. Pour ce marxiste de la vingt-cinquième heure, l'ennemi de classe, c'étaient les individus retranchés de l'autre côté de la rampe et prêts à canarder tout ce qui bougeait sur la scène. Un ramassis de quincailliers en goguette qui, non contents de ne rien connaître à rien, se prenaient pour Néron au Colisée dès qu'ils avaient franchi le seuil d'un théâtre. Un coup le pouce en bas, un coup le pouce en l'air, selon l'humeur du jour et l'état de leurs varices.

Ce fatalisme faisait bien nos affaires : il justifiait notre paresse en flattant notre bonne conscience. Seule Valentine Lambrecht protestait que nous nous dorions la pilule. Comme si, grondait-elle, ce n'était pas assez de nous monter le bourrichon. Pourquoi avait-elle l'air de penser que je n'étais pas à mettre dans le même sac que les autres ? Nous ne savions rien de la vie privée de Valentine, même pas où elle habitait. Un dimanche de cafard, ayant renoncé à suivre les autres au caveau de la Huchette, j'étais tombé sur elle dans une allée du Luxembourg. Et comme, ne sachant trop quoi dire, je me désolais tout haut de n'être pas une compagnie bien folichonne :

« Ne t'excuse pas, m'avait-elle répondu. Toi, au moins, tu gardes les pieds sur terre. Tu sais bien que le succès ne peut pas faire partie des acquis sociaux ; que le talent n'est pas un privilège inné, ou si peu. Nous ne pouvons prendre prétexte de ce que nos efforts ne sont pas toujours appréciés à leur juste valeur pour nous tourner les pouces jusqu'au jour du Jugement ! Un comédien devrait pouvoir se surpasser en jouant son propre rôle lorsqu'il va chercher son pain. Il devrait être capable de donner sa meilleure scène au milieu du désert, devant un parterre de grains de sable ! »

C'était le genre de performance que je ne saurais jamais accomplir, aussi lui donnais-je cent fois raison. Elle resplendissait dans la colère. J'aurais voulu finir l'après-midi avec elle : j'avais trouvé un prétexte pour la quitter au bout de dix minutes. Avant d'avoir lâché (comme si j'en étais capable !) quelque chose de compromettant.

Valentine Lambrecht était la seule fille du cours et la seule de ses élèves, j'en ai peur, qui eût jamais pris au sérieux l'enseignement qu'on y dispensait. Il y avait ceux qui se considéraient au-dessus de ça, s'imaginant comédiens de naissance, sinon de droit divin, et se déchargeant sur leur vocation du souci de leur carrière. Il y avait moi qui ne revendiquais rien de spécial et n'attendais rien de précis, sinon peut-être que ça se passe, à la façon d'un jeudi de province derrière les carreaux, et que ma mère soit heureuse (ou s'imagine l'être : ça ne fait pas une énorme différence), comme elle l'était autrefois quand, pour l'amuser, j'imitais la démarche des passants ou le fort accent alsacien de notre propriétaire. Et puis il y avait Valentine, d'autant plus résolue à triompher des obstacles qu'elle se jugeait moins apte à y parvenir, partagée entre une lucidité qui ne nous épargnait pas plus qu'elle-même, et une candeur dont beaucoup d'entre nous croyaient judicieux de la plaindre.

Comme elle était plus que jolie et mieux que bien faite, mes condisciples estimaient qu'ils devaient à la bienséance de tomber amoureux d'elle à tour de rôle. Valentine ne se flattait ni ne se formalisait de leurs avances : il était clair qu'elle n'y attachait aucun prix. Se sachant irrésistible, Leverjus s'en inquiétait pour elle. Entre les beignets de crevettes et le poulet aux noix de cajou, il priait le Ciel qu'au moins elle ne se fût pas entichée du Patron en secret. N'est-ce pas ce qui arrive aux femmes lorsqu'on les dédaigne ? s'interrogeait ce virtuose du volant, fin connaisseur de l'âme humaine. Or Mon Petit Vieux, de toute évidence, n'avait cure de Valentine. Pas une seule fois nous ne l'entendîmes lui lancer l'un de ses fameux : « Concentre-toi un peu, nom d'un chien ! » Il ignorait son travail acharné, restait aveugle et sourd à ses progrès. Le fait d'avoir une réplique féminine sous la main lui facilitait beaucoup les choses, mais il semblait ne lui en savoir aucun gré. Était-ce parce qu'elle figurait dans presque toutes les scènes qu'il avait fini par ne plus la voir ?

Elle ne s'apitoyait pas sur son sort, du reste, expliquant par ses propres insuffisances le dédain dont elle faisait l'objet. De ce qu'elle n'avait pas encore retenu l'attention de notre professeur, elle concluait qu'il ne lui restait qu'à s'appliquer davantage. Comment se débrouillaient-ils donc, le Patron, les camarades, l'intéressée elle-même, pour ne pas s'aviser qu'elle dominait de la tête et des épaules le reste de la classe ? Moi, sa supériorité me crevait les yeux (on va voir que je n'emploie pas cette expression au hasard) autant que ses autres avantages. Pourquoi ne le lui ai-je pas dit ? Bien des choses auraient peut-être tourné d'une autre manière, en tout cas pour elle, si j'avais eu cette générosité. Je craignais sans doute de lâcher par inadvertance « quelque chose de compromettant ». D'avoir l'air de lui faire du plat, comme on disait encore à l'époque. Et surtout, je n'en suis que trop sûr, il me paraissait tellement plus reposant, tellement plus à ma portée de rêver d'Ornella Campieoni…

Je n'ai jamais rêvé que de femmes inaccessibles. Sans doute parce que l'inaccessibilité bien comprise a le mérite d'être réciproque. Ornella Campieoni faisait partie des êtres que l'on contemple derrière la vitre à leur insu et qu'on peut dévorer des yeux à loisir. Valentine, au contraire, était en mesure de rendre regard pour regard. Depuis peu, Ornella avait supplanté dans mon cœur Edda van Heemstra, dite Audrey Hepburn. La faculté de vénérer les stars à distance est la seule chose peut-être que j'aie héritée de Maman. Le reste, je dois le tenir de mon père. Mes parents formaient un couple disparate. Elle était originaire de Tarbes ; il était né aux colonies. De leurs passés respectifs elle avait gardé plus qu'une pointe d'accent, et lui, si j'ai bien compris, ramené un solide coup de bambou. Je ne l'ai pas connu et l'on m'assure que c'est tout à son avantage. À quoi songeait-il, cependant, dans cet appartement où j'ai moi-même épuisé tant de songes en leur courant après ? Que s'efforçait-il d'oublier lorsqu'il s'attablait le dimanche, après la tarte aux mirabelles, devant un litre de *Vieux Cep* qu'il descendait à gorgées patientes et régulières, sans proférer une seule parole, le dos plaqué au dossier de sa chaise, le regard fixé droit devant lui ? L'homme qui m'avait donné le jour ne fréquentait pas le café des Vosges et réprouvait les ivresses tapageuses. Il se targuait, paraît-il, de boire « scientifiquement ».

Maman ne se convertit jamais au culte ni d'Audrey, ni d'Ornella. Elle avait érigé en dogme la croyance que, si les acteurs incarnaient la Providence, les actrices représentaient la Fatalité en ce qu'elle avait de plus calamiteux. Les malheureuses tentaient de faire oublier cet opprobre en exhibant à tout propos des échantillons de leur anatomie. Occupant ces « rôles de bonnes femmes » qu'on leur concédait, et pour lesquels ma mère n'avait pas de mots trop cinglants, elles débarquaient comme les cheveux sur la soupe au milieu d'intrigues à couper le souffle et fichaient tout par terre. Non contentes d'encombrer l'écran de leurs formes exagérées et de leurs poses avantageuses, elles tuaient le suspense par cet étalage éhonté. Les baisers de cinéma plongeaient Maman dans la consternation puis, s'ils s'éternisaient, dans le dépit. Elle s'agitait sur son fauteuil, soupirait à fendre l'âme, s'éclaircissait la gorge, consultait sa montre et froissait avec ostentation des papiers de caramels (en ce temps-là, c'étaient les plus sonores) de manière à punir nos voisins de ce qu'elle tenait pour une complaisance inadmissible de leur part.

Je partageai son indignation jusqu'au jour où, devant *Guerre et Paix*, mes yeux glissèrent par inadvertance du visage de Henry Fonda vers celui d'Audrey Hepburn. A partir de cet instant, j'allais aimer et souffrir en silence. Aimer de la façon, disons évanescente, qui m'est propre. Souffrir parce qu'on ne donnerait pas chaque dimanche, ni même chaque année, un film avec Audrey Hepburn, en dépit du nombre de salles que la ville mettait alors à notre disposition : l'Eldorado, le Foyer, le Rex, l'A.B.C., le

Kursaal (seul subsiste aujourd'hui ce dernier, tronçonné en je ne sais combien de cagibis où les gens, avec un peu d'imagination, retrouvent – ô béatitude ! – la sensation d'être assis devant leur téléviseur). Souffrir, aussi, parce que, pour la première fois de ma vie, il m'était interdit de confier mon secret à la seule personne avec qui j'aurais souhaité le partager. Maman n'aurait pas compris que l'on s'entichât d'une personne qui non seulement jouait de ses charmes mais, pour comble d'outrecuidance, les avait fort exigus. Il n'est pas impossible qu'en reportant ma passion sur Ornella, j'aie fait à mon insu le bas calcul d'offrir à ma mère un peu plus de chair à se mettre sous la dent.

Encore qu'elle s'inquiétât de mon penchant pour la solitude et l'ennui, peu compatibles avec son aspiration à une vie brillante (dont elle ne ferait jamais qu'imaginer les reflets dans le lointain, mais à quoi bon en parler ?), Maman avait été mon âme damnée. Et je le lui avais bien rendu. Je n'aurais sans doute jamais mis les pieds chez Mon Petit Vieux si je n'avais eu à cœur d'épouser non seulement les préjugés, mais les chimères de cette femme. Tant bien que mal, j'ai pris à ma charge sa vieille nostalgie des planches sur lesquelles, affublée d'une barbe taillée dans une feuille de Canson barbouillée de sa propre main, elle n'était pourtant montée qu'une fois, à l'école primaire, le jour de la distribution des prix, dans le rôle du meunier endormi qui n'entend pas, malheureux ! que son moulin, son moulin va trop vite, son moulin, son moulin va trop fort. L'élastique de la barbe avait lâché sous la pression des ronflements ; elle s'était taillé un franc succès. Moi qui n'avais pas connu une telle apothéose, les feux de la rampe ne me fascinaient que par procuration.

Maman avait tout manigancé. J'avais à peine offert aux professeurs de l'institution Sainte-Marie la satisfaction de confirmer leurs pronostics, à propos de mon échec au bac, qu'elle me prenait au collet et m'embarquait dans le premier train en direction de la gare de l'Est.

Il régnait dans le compartiment une chaleur de four, malgré les fenêtres grandes ouvertes. On n'arrêtait pas de mâcher de la suie et de se tirer l'un l'autre des escarbilles du coin de l'œil. A l'arrivée, on s'est répandus sur le quai avec une folle envie de baignade et ça tombait bien, parce que le quai était en train de fondre. On a barboté dans le goudron et on s'est laissé couler dans la première bouche de métro, entraînés par le courant comme dans la bonde d'un lavabo.

Changement Opéra, terminus Pont-de-Levallois, puis le bus. C'est un trajet qu'aujourd'hui encore, je saurais suivre les yeux fermés. Et, au terme de l'odyssée – pourquoi lui, et par quelle opération du Saint-Esprit l'avait-elle déniché ? –, Jouvet, sa pochette et son bloum.

Le monde entier était en train de se liquéfier, mais vous auriez juré que Mon Petit Vieux sortait du maquillage. Il était aussi lisse, aussi frais que tous les Jouvet sur papier glacé des photos que nous avions fauchées dans le hall des cinémas, ma mère et moi, le dimanche après-midi à la fin de l'entracte, au moment précis où la sonnerie – une vraie sonnerie de théâtre, je l'ai encore dans l'oreille – rappelait les spectateurs à leurs places. Ma mère s'était cousu une vaste besace où nous pouvions enfourner nos icônes sans les rouler ni les plier. Même lorsque nous étions seuls dans le trolley avec le conducteur, nous nous interdisions d'y jeter ne fût-ce qu'un coup d'œil. Nous attendions pour trier notre butin d'être assis chez nous devant le chocolat – plus tard le vin chaud – qui calmait nos battements de cœur et récompensait notre héroïsme. Outre les Jouvet, notre collection comprenait deux Raimu, trois Fernandel, un Harry Baur et un Jules Berry, je ne sais combien de Clark Gable, de Robert Taylor, de Tyrone Power, de Stewart Granger, de Curd Jurgens, assez de Raymond Pellegrin et de Fernand Ledoux pour couvrir un mur, sans compter un Edward G. Robinson qui, non sans répugnance d'ailleurs, semblait suivre nos déplacements des yeux. Aucune femme toutefois, même la virginale Audrey dont il me fallut aller récupérer les morceaux en cachette au fond de la poubelle, ne survécut jamais à l'impitoyable sélection qui s'opérait sur la table de la cuisine.

Colombes, donc, et son plus bel ornement en la personne de Mon Petit Vieux. Nous nous retrouvons comme deux ballots, ma mère et moi, à ne pas savoir quoi faire de nos mains, dansant d'un pied sur l'autre devant ce grand sifflet. Il s'était perché sur le coin de son bureau, il avait tiré sur les plis de son pantalon prince-de-galles avant de croiser les jambes et, bien entendu, il fumait son inévitable *king size* bout filtre, l'œil droit mi-clos.

« Ainsi – finit-il par soupirer –, votre garçon rêve de devenir comédien ? À son âge, c'est original. J'entends par là que c'est une originalité de son âge, partagée, disons, par un peu moins d'un million de nos concitoyens, s'il faut en croire les dernières statistiques… »

Ma mère s'était déjà dressée sur ses ergots.

« Maurice n'est pas comme tous ces muscadins, monsieur le professeur. Il sait ce qu'il veut.

– Comment donc, chère madame ! Il s'est beaucoup tâté mais, en fin de compte, il s'est résigné à briguer la gloire et la fortune plutôt qu'un emploi de commis par intérim chez l'épicier du coin ?

– La fortune ! Quelle fortune ? Il n'a jamais été intéressé, ce petit.

– En ce cas, il devrait songer à faire carrière dans le public, plutôt que chez les pitres. Le public est le repaire des gens que rien n'intéresse, en dehors des amants en caleçon que de facétieux auteurs empilent dans les placards et sous les lits.

– Vous ne l'avez pas encore vu à l'œuvre, mais je vous assure qu'il a des dons, monsieur le professeur !

– Chère madame, je n'en doute pas un seul instant, croyez-le bien. J'aurais pu vous l'affirmer moi-même si vous aviez manqué d'y faire allusion. Car tous ceux qui franchissent cette porte, sans la moindre exception, hélas ! sont littéralement pourris de dons. Le problème est de savoir si j'arriverai à les en débarrasser pour mettre à la place quelque chose d'aussi peu inné et d'aussi peu reluisant, il faut bien en convenir, que de loucher sur un morceau de toile peinte en s'écriant : *Mathilde, regarde voler les oiseaux, on dirait qu'ils cherchent à écrire ton nom dans le ciel!* sans avoir l'air, au bas mot, d'un attardé mental. Ou que de murmurer à l'oreille d'une jeune première de cinquante-cinq ans : *Voici que le pastouriau rentre ses bêtes, ma mie*, d'une voix de stentor, de manière que les troisième balcon ne perdent rien de cette confidence bouleversante. Comment l'appelez-vous? Maurice? Va pour Maurice. Donc, Maurice a le don de se classer dans les cinq premiers à la composition de récitation et de se faire recaler au bachot du fait que la récitation n'est pas au programme, nous sommes d'accord? Je veux bien admettre que c'est un commencement. Mais a-t-il le don, par exemple, de ne pas faire s'esclaffer une salle entière, pleine de sous-chefs de cabinet et d'employés du cadastre, en essayant de sortir dignement, un casque à plumes sur la tête et un glaive de carton à la main, par une porte qu'un imbécile vient de condamner par mégarde? A-t-il le don de boire dans un verre vide, de lire une page blanche, de tenir une conversation passionnée avec un téléphone muet? Ne dites rien, s'il vous plaît. Je suis un vieux crocodile : laissez-vous une chance de m'attendrir. Je vais répondre à votre place. Votre Maurice n'a aucun de ces dons pour l'excellente raison que personne au monde ne les a jamais eus. L'univers est une pétaudière, je vous le concède, la nature se conduit comme une échappée de l'asile, mais il y a tout de même des limites! Si la nature perdait son temps à prodiguer de droite et de gauche des aptitudes de cet acabit, nous serions toujours en train de taper le carton avec les ptérodactyles au fond d'une grotte couverte de graffitis. On trouve déjà des malheureux qui sont capables de vous dire combien font quatorze millions six cent trente-sept mille cinq cent vingt-deux multipliés par cent huit milliards cent soixante et onze millions deux cent vingt-deux mille deux cent vingt-deux avant même que vous ayez fini de poser la question : en fait de dons, ne vous semble-t-il pas que c'est assez de gâchis ? Au théâtre, cependant, s'il l'on veut être engagé une fois de temps à autre, il est autrement plus décisif de savoir sortir par une porte fermée que de faire sangloter un congrès de croque-mort avec *Demain dès l'aube, à l'heure où blanchit la campagne*.

– Il ne prétend pas le contraire, monsieur le professeur. Mais, en admettant qu'il ait le don, ces petites choses-là, vous ne pourriez pas les lui enseigner ? »

Il avait détourné la tête ; peut-être même baissé les paupières.

« Je pourrais. A part cela, pour être franc, il n'y a même pas grand-chose que je puisse en sa faveur. »

Elle avait courbé la nuque à son tour.

« Mais vous ne voulez pas, c'est bien ça ? avait-elle fait d'une voix minuscule.

– Je n'ai rien dit de tel. Moi, ça ne me coûte rien.

– Oh, je sais bien que les leçons ne sont pas gratuites, allez ! Nous n'avons pas non plus l'intention de demander l'aumône.

– Elles ne sont ni gratuites ni dispendieuses, là n'est pas la question. Je facture ce que mes services me paraissent valoir, sachant qu'il ne s'agit jamais que de manœuvrer de fausses portes avec une certaine compétence. Et si la somme dépasse quand même vos prévisions, rien ne vous interdit d'en discuter avec moi. Je ne suis pas une brute, que diable ! L'important, c'est que votre jeune premier ne se sente pas déshonoré à l'idée d'apprendre à se déplacer en crabe plutôt qu'à briser le cœur des gourgandines.

– On peut briser autant de cœurs là d'où nous venons qu'en banlieue parisienne, monsieur ! »

La façon dont elle avait articulé « banlieue parisienne », c'était un poème ! Le Jouvet de Colombes n'avait pu réprimer un mouvement de recul.

« Si fait, si fait. Et notre beau ténébreux, lui, qu'en dit-il ? Au moins, il ne parle pas à tort et à travers, hein, mon petit vieux ? Se pourrait-il par hasard qu'il n'ait aucune idée sur le théâtre ? Mais ne nous berçons pas d'un fol espoir… Quand même, il ne me déplaît pas, votre Maurice, savez-vous ? Regardez-le : à son âge, il ne s'est pas encore fait la tête de Gérard Philipe, c'est à n'y pas croire. Je ne vous cacherai pas qu'il va trancher sur le reste de ses condisciples et, du coup, se sentir un peu isolé, mais, pour le professeur que je suis, quel soulagement ! Rien n'est plus fastidieux que de faire ouvrir une porte à un second Gérard Philipe en puissance, chère madame. Vous n'imaginez pas !… Bon. Douze mille par mois, ça vous irait ?… D'accord : onze mille cinq. Et sans supplément je l'invite à déjeuner tous les samedis. »

Pour quelques mois, c'étaient encore les anciens francs. Les anciens francs, l'ancien monde. Ceux qui ne les ont pas connus ne sauront jamais rien non plus des trottoirs qui sentaient le pain chaud, les soirs de canicule. Ils n'auront jamais vu les nuages de poussière sur l'esplanade des fêtes, entre les baraques et les caravanes des forains. Ni les martinets plongeant au ras des têtes du haut des fils électriques. Ni les stères de bois et les tas de sciure devant les portes ; les marrons sur le chemin de l'école ; les pavés arrondis par l'usure, sombres et luisants comme de l'acier bruni ; le tram qu'on voit passer sur le faubourg, à l'autre bout de la rue Victor-Hugo, devant la pâtisserie à l'enseigne de la croix de Lorraine ; le goudron badigeonné par les militants communistes sur les portes du cinéma où l'on affiche *Les Mains sales*, et, en immenses lettres blanches sur les murs rouillés des fabriques, les *RIDGWAY GO HOME !* ; les capotes endeuillées et les casques à crête des mobiles venus étouffer une grève à l'Alsthom, le fusil en bandoulière... On peut s'effacer soi-même de sa mémoire, à la longue, mais ces affaires-là y restent gravées pour toujours.

Nous sommes rentrés chez nous par le train de nuit. Une nuit brune, douce et profonde des étés de ce temps-là, avec juste ce qu'il faut de mélancolie pour hisser le bonheur à son plus haut point de perfection. Les banquettes étaient rembourrées de noyaux de pêche mais, pour compenser, nous avions le compartiment à nous tout seuls, peut-être même le wagon. Ne croyez pas qu'on ait beaucoup parlé. On s'en est pourtant dit davantage, cette nuit-là, qu'au cours des milliers de nuits, des milliers de jours qui avaient précédé et des milliers de nuits, des milliers de jours – pas tant que cela, au fond – qui viendraient ensuite. Parce que, d'une certaine façon, c'était notre première nuit ensemble. La première fois que nous rentrions à la maison avec autre chose que des photographies décrochées à la sauvette dans un vestibule qui pue le mal lavé, la fumée du pauvre et les rêves de location. Parce que c'était notre première nuit ensemble à rêver nos propres rêves, et que, d'une certaine façon – il est toujours facile de dire ça après coup, je sais bien –, nous savions qu'il n'y en aurait pas d'autre, que nous avions parcouru un bon bout de chemin sans regarder en arrière, un bon bout de chemin à nous fourrer dans les jambes l'un de l'autre (le moyen de faire autrement ?), que nous n'avions jamais été aussi proches et que l'instant était venu de prendre des routes séparées.

Un beau jour, bien des choses sur lesquelles vous comptiez se mettront à vous lâcher l'une après l'autre. Ce seront d'abord des odeurs, des couleurs, des échos, des substances, des textures et, sur le moment, vous n'y prêterez guère attention. Puis les objets eux-mêmes commenceront à vous faire faux bond, tandis que se démoderont non seulement certaines pièces de costume, mais certaines attitudes, certaines expressions – jusqu'aux timbres de voix qui donnaient à ce monde, lorsque vous y avez fait votre entrée, sa tonalité singulière. Enfin, il y aura les gens…

Depuis combien de temps n'ai-je pas suivi du coin de l'œil le vol d'un martinet ? Depuis combien de temps suis-je obligé de fermer les paupières pour voir la poudre dorée en suspension dans un rayon de soleil, entre les planches d'une barricade ? Pour voir les gamins jouer au milieu de la rue avec des revolvers Solido, sans qu'une seule voiture les dérange de tout un jeudi ? Et les messieurs soulevant leur chapeau devant les dames, devant les dentistes, les notaires, les notables, les surveillants généraux, les professeurs d'art dramatique si ça se trouve, et, sans faute, devant les chevaux caparaçonnés et le type qui leur ouvre la marche, promenant comme le saint sacrement la médaille du travail et l'insigne de l'amicale sportive épinglés sur un coussin violet, ou encore devant les bénéficiaires d'une croisière en sac à viande à bord d'un bateau frigorifique qui vient de Saigon mais bientôt ne partira plus que d'Alger? A l'heure où je parle, que sont devenues toutes ces sonneries qui n'arrêtaient pas de réclamer quelqu'un quelque part – à l'école, à l'usine, à l'église, au tombeau – comme si, en ce temps-là, chacun avait encore aux yeux des autres une certaine importance?

De Gaulle venait de déclarer, le 29 avril : « L'Algérie de papa est morte. » Pour une fois, le Double-Mètre péchait par excès de modestie : et la France de papa, en 1959, après s'être longuement (voluptueusement?) attardée dans le XIXe siècle, n'était-elle pas en train de tirer sa révérence, elle aussi?

Ce que ce trajet du retour aura été pour nous, personne ne peut l'imaginer. Un secret entre ma mère et moi. Quand on essaie de se représenter froidement les choses, cependant, qu'y avait-il là de si formidable? Une espèce d'épouvantail suburbain m'avait convaincu (la tâche n'était pas insurmontable) que je ne rivaliserais jamais avec Gérard Philipe, et s'était proposé de m'apprendre à devenir, si j'y mettais du mien, un raté consciencieux pour la modique somme de onze mille cinq cents francs par mois et le privilège, une fois par semaine, de ne même pas bouffer tranquille. J'allais quitter un logement vétuste dont le moindre recoin était comme un morceau de moi-même, pour un studio construit en 54 dans le cadre du premier plan HLM, mais déjà sans âge et où j'aurais jusqu'au bout l'impression d'être en visite (à ceci près que, là où vous vous rendez en visite, il se trouve d'ordinaire quelqu'un pour vous ouvrir la porte). Je découvrais en ma mère un restant de jeunesse qui était magnifique, et une fois qu'elle me l'aurait montré, religieusement déballé telle une poupée de porcelaine que l'on n'a pas touchée quand on était petite et qu'on garde au grenier dans une boîte, une fois qu'elle m'aurait donné à contempler cette relique destinée à devenir un ramasse-poussière parmi d'autres, qu'elle aurait dévoilé pour moi ce mystère trop fragile, il ne lui resterait plus qu'à rattraper son retard, à grandir d'un coup, le plus vite possible, et à essayer de nous oublier, sa poupée et moi. Du moins j'espère de tout mon cœur qu'elle aura essayé.

Il y a toutes sortes de façons de se dire adieu, je suppose, mais la nôtre aura été… charmante ? Peut-on dire cela ? Charmante, oui, je crois. Charmante et davantage : absolument exquise, tout à fait désinvolte et gracieuse. Nous avions beau être, comme je l'ai dit, des acolytes de longue date, rien ne laissait présager entre nous une communion aussi parfaite. Ce fut notre songe d'une nuit d'été, romantique et ferroviaire. Et si gai ! Un adieu au champagne, même si nous avons dû nous contenter d'une thermos de limonade. Qui va se régaler de limonade tiède entre Langres et Culmont-Chalindrey ? Cela arrive néanmoins. Une fois dans la vie, cela peut vous arriver. Une fois, à l'improviste, vous pouvez avoir le fou rire avec votre mère au petit matin, en attendant le trolley grâce auquel vous couvrirez la distance qui vous sépare encore de la maison. N'en demandez pas davantage, la plupart des gens n'ont pas cette chance. De temps en temps, ils vont fleurir les tombes ; ils ne gardent pas un ancien rire en travers de la gorge, l'ultime écho de la jeunesse.

« Oh, Momo ! Sais-tu que je n'avais pas tant ri depuis... »

Elle n'a pas dit depuis quand. Depuis l'époque où les poules avaient des dents ? Depuis qu'elle avait épousé un type pas bien intéressant qui collectionnait les crises de palu et dont les dernières paroles avaient été pour parier qu'il sifflerait scientifiquement une bouteille de Pernod à la régalade, debout sur l'appui de la fenêtre ? Depuis que j'étais né, peut-être ? Depuis qu'entre deux songes creux, je la tarabustais avec mes questions sans fin, moi qui, au collège Sainte-Marie, suis resté plus muet qu'une carpe six longues années durant ? « Momo ! Momo ! Momo ! Est-ce que ça n'est pas bientôt fini ? Tu vas nous la casser longtemps, dis, la tête ? Écoute-toi donc : *Et si... ? Et pourquoi... ? Et comment... ? Et si ces pauvres carrés avaient la chance d'être des ronds ?* Mais profite donc un peu, nom d'un chien ! » Ou bien n'avait-elle pas ri autant depuis qu'elle savait que, bientôt, je lui laisserais poser les questions et que j'y répondrais par des mensonges (même pas des mensonges qui se donneraient la peine de ne pas avoir l'air d'en être) ?

Et toi, qu'en dis-tu, hein, Mon Petit Vieux ? A ton avis, est-ce que ça chatouille ou est-ce que ça gratouille ? Quelque chose dans le genre. Enfin, quand on y pense, mais on n'y pense pas tous les jours. Quand on y pense, ça ronge ou ça démange, ça démange ou ça ronge, c'est selon. De temps en temps cela brûle comme un morceau de l'enfer que vous auriez avalé par distraction (distraction, hélas ! est le mot juste). Et vous ne pouvez pas plus le recracher que vous ne pouvez vous décoller les vieilles images du fond des yeux, les images d'une station de trolleybus à l'aube, en été, quand toutes les couleurs de la ville sont encore exsangues, juste avant un tomber de rideau en forme de lever de soleil. « Est sorti de la caserne à reculons pour faire croire qu'il y entrait : huit jours de salle de police. » Huit jours, mais vous n'en verrez jamais le bout. Huit jours et une éternité.

Jouvet ne prendrait pas ses recrues en mains avant la mi-septembre. Je suis resté là-bas huit semaines encore. Presque neuf. Pendant le mois de juillet, j'ai effectué un remplacement à la poste du Valdoie. Il faudrait dire *de* Valdoie, je sais, mais je dis comme ceux qui mettent des noms à eux sur les choses qu'ils aiment afin de se donner l'illusion qu'elles leur appartiennent. Je faisais la tournée des cités, dans le quartier de l'Arsot, sur la rive gauche de la Savoureuse. Je découvrais soudain le monde, pas le mien : le monde qui s'étend de l'autre côté des vitres rayées de pluie et enjambe le mur du collège. Une sorte de monde indifférent aux jeudis et repoussant comme de l'argent sale les luxueux petits profits de la mélancolie. Le *vrai* monde, à ce qu'il semble – mais il avait été jusque-là aussi irréel à mes yeux qu'un faubourg de la Lune.

En dépit de mon air égaré, j'y fus bien accueilli. Mieux que bien. Les gens qui vivaient là en tricot de peau ne me tenaient pas rigueur de mon inexpérience. En échange de quoi, ils se fichaient pas mal de ce qui me faisait rêver. Ils ne voyaient pas du tout, j'en suis sûr, qui était Audrey Hepburn. D'une certaine manière, ils ne me voyaient pas non plus. C'est pourquoi, je pense, nous nous entendions à merveille. Pour eux, j'avais la tête et l'histoire de mon uniforme. Ils ne m'imaginaient pas d'autre passé que l'apéritif pris la veille en leur compagnie ni d'autre horizon que le bord de ma casquette.

« Vous boirez bien un petit coup, facteur ? Ça dessèche, de pédaler sous un cagnard pareil ! »

Je trinquais pour ne pas avoir à parler, pour prêter un sens à mon sourire idiot. A dix-sept ans révolus, par ma seule faute, je ne connaissais rien encore de l'existence : la gentillesse de cette humanité dont j'avais sottement craint je ne sais quels affronts me serrait le cœur. Dans l'espoir de m'endurcir un peu, j'observais mes « usagers » par-dessus mon verre et tentais de me convaincre, pauvre andouille, que je montais mes gammes, que je me constituais une galerie de types humains, de modèles saisis sur le vif, auxquels je pourrais me référer dans l'exercice de mon art. Et, le soir, avec au fond du cœur le remords de les trahir, je me les refaisais tout seul devant l'armoire à glace…

Là-bas, les jours de canicule, l'évier des cuisines débordait de bouteilles de bière. Des brunes de ce temps-là, équipées d'une sorte de muselière métallique et d'un bouchon en porcelaine, au téton duquel une rondelle de caoutchouc rouge était adaptée en guise de joint. On laissait couler l'eau froide ; les étiquettes finissaient par se décoller d'elles-mêmes.

« Tu n'as pas soif, Momo ? Je t'ai gardé celle du fond. C'est la plus fraîche : elle y est depuis ce matin. »

Si je ne m'étais pas dépêché de penser à autre chose, j'en aurais pleuré. Les quinze derniers jours, j'ai balayé à la filature. Neuf heures de rang pour des clopinettes, mais travailler à l'abri représentait un réel avantage du fait qu'au 15 août la canicule s'était lassée de nos récriminations. Du jour au lendemain, nous nous sommes retrouvés au mois de novembre. La première goutte de pluie est tombée pile devant moi, un dimanche matin, au moment où je sortais de la pâtisserie qui fait face à l'église Saint-Joseph. Elle s'est écrasée au ralenti avec un bruit gras et a laissé sur le trottoir comme une petite flaque d'encre, ou de sang noir. Je n'avais pas de chapeau à sauver du déluge, mais j'ai couru. Nous avions beau habiter à deux pas, j'étais trempé comme une soupe en arrivant chez nous.

Quand j'ai repris le train pour Paris, le compartiment sentait le chien humide et le soldat. La moleskine des banquettes était toute gluante ; dehors, derrière la buée, on entendait qu'il pleuvait toujours. Il pleuvait encore, à Colombes, quand je suis descendu seul du dernier bus. Ma valise commençait à se gondoler. J'ai pris une chambre dans le premier hôtel venu. A moitié louche, à moitié borgne. Si les cafards n'ont pas pu dormir, c'est que les punaises ne leur ont pas fichu la paix. Je n'ai guère abusé du repos, moi non plus. J'avais le cœur au bord des lèvres, je crois, et la vermine n'y était pour rien.

Avril 1960. On vient tout juste d'annoncer la formation du parti socialiste unifié. Ça barde en Algérie, après la semaine des barricades de fin janvier. De ce côté-ci de la Méditerranée, les «coreligionnaires» ont intérêt à ne pas traîner dans les rues après huit heures du soir. Dans un grand élan démocratique, les francs se font appeler centimes. La Banque de France découvre un beau matin que ses réserves ont sextuplé. Les gens s'enrichissent sans trop savoir pourquoi, mais trouvent ça plutôt normal. Ils invitent les voisins déconfits, chez qui ils allaient humblement regarder *La Piste aux étoiles* trois mois plus tôt, à venir voir l'émission sur leur propre téléviseur flambant neuf. Après huit jours de «Cachez ce sein...» avec une douzaine de Tartuffe se relayant à ses côtés, Valentine Lambrecht souffre d'un chaud et froid. Qui, bien sûr, ne fait ni chaud ni froid à Mon Petit Vieux. Notre partenaire absente, il nous laisse tartuffer dans la semoule en tétant son mégot.

Le lendemain du retour de Valentine, nous sommes attablés face à face, lui et moi, chez Babette, un de ces troquets de quartier qui fleurent la crasse et l'encaustique, un rendez-vous d'habitués qu'avant peu la bombe à détraquer le temps, la chute de l'empire colonial, l'élévation du niveau de vie et l'ingratitude des hommes rendront aussi anachronique qu'un assommoir du siècle passé. Le Patron a fini sa viande. Il sauce son assiette, fait mine de porter son verre à ses lèvres.

«J'espère au moins que ce n'est pas moi qui te coupe l'appétit? s'interrompt-il. A ton âge, mon petit vieux, j'aurais nettoyé les plats *(Entre nous, lui-même ne s'en est guère privé)* et demandé du rab. Il est vrai que du rab, de mon temps, ils vous en servaient sans rechigner, tous ces petits bouchons du coin de la rue. Au besoin, on t'apportait la gamelle sur la table. C'était toute une mentalité : plus on était pauvre, plus on était généreux. Je me dis parfois que vous devez avoir le même virus dans le sang, tes camarades et toi. Moins vous savez comment vous y prendre, plus vous en faites. Plus vous jouez mal, plus vous jouez gros. De peur sans doute que ça ne se remarque pas assez, hein? Il n'y aurait guère que la petite Lambrecht... Mais sers-toi, bonté divine!»

Pour ne pas le contrarier, je m'octroie une demi-louche de lentilles.

«A propos, reprend-il en contemplant je ne sais quoi par-dessus mon épaule, cette petite, qu'est-ce que tu en penses?

– Ce que j'en pense? A quel point de vue?

– Pour ce qui est du point de vue, on ne saurait exiger d'elle davantage que ce qu'elle offre sans qu'on le lui demande. A part ça, il ne t'arrive jamais de t'interroger sur ce qui la pousse à rester chez nous? Avec toute votre clique d'amateurs – et avec moi, pour commencer. Elle mériterait mieux que ça, Valentine. Beaucoup mieux… *(Il vide son verre.)* Tu ne sais pas quoi dire, hein ? Eh bien, ne dis rien. J'espère au moins que tu ne resterais pas bouche bée si c'était elle qui te posait la question. Les femmes apprécient qu'on ait du répondant. Si ce n'est pas indiscret, comment t'en sors-tu avec elles, mon vieux Maurice ? »

Je plonge dans mon assiette. Le répondant, ça n'a jamais été mon rayon, même avec les hommes.

« J'aurais dû entendre : "Ça va, ça vient, patron." Quel âge as-tu donc ? Qu'est-ce qu'on vous apprend à l'école ? Ah, si j'étais à votre place… Moi non plus, remarque, je ne sais pas quoi lui dire, à Valentine Lambrecht.

– Qu'est-ce que ça peut faire ? marmonné-je. C'est elle qui vous écoute, comme le reste de la classe.

– Comme le reste de la classe ? Ne te vante pas, allez !… *(Il se tourne vers la fenêtre la plus proche, transvase son paquet de cigarettes de sa poche droite dans sa poche gauche.)* Alors, elle m'écoute, tu crois ça ? Admettons… Elle m'écoute, hein ? Mais voilà, ça ne t'aura pas échappé, c'est moi qui oublie de lui parler ! Disons que j'oublie. J'oublie parce que, moi aussi, de mon côté, je l'écoute. Le problème, vois-tu, c'est que j'ai une façon de l'écouter qu'elle ne peut pas entendre. Et comme je la comprends !… Bref, on ne se comprendra jamais ni l'un ni l'autre. Toujours la même rengaine, hein, mon petit père ? »

Moi, je donnerais gros pour être sûr que quelqu'un comme Valentine me trouve du mystère… Le regard du Patron reste braqué sur mon visage, je peux le sentir.

« Tu ne vas pas me raconter, reprend-il, que tu es comme Mlle de Ramonier ?

– Mlle de Ramonier ?

– Dora de Ramonier, la photographe lesbienne. Bonté divine ! D'où sors-tu ? Et Jenny Lamour, ça ne te dit rien non plus ? Tu as déjà vu *Quai des Orfèvres*, au moins ?

– Je ne sais pas. J'ai vu tellement de choses avec ma mère.

– Cette blague ! Si tu l'avais vu, tu saurais. Dullin avec sa bosse, Suzy Delair, Blier en jeune premier, dis donc ! Larquey, Bussières, Dalban… C'était Simone Renant qui faisait Dora – quelle classe ! – et, à un certain moment, Antoine, je veux dire l'inspecteur Antoine (Jouvet, si tu préfères) lui balance cette réplique dans les gencives : *Mademoiselle de Ramonier, vous êtes un type dans mon genre : avec les femmes, vous n'aurez jamais de chance…* »

Il y a aussi des types qui ne la tentent pas, leur chance, ça ne lui est jamais venu à l'idée ? Il y a des types qu'Ornella Campieoni protège des revers de fortune. Passons.

Mon Petit Vieux doit lire dans mes pensées.

« Passons ! soupire-t-il. En expédiant son chèque, ce mois-ci, ta mère, puisque tu en parles, m'a mis un petit mot. Pas besoin de te faire un dessin : tu devines la question qu'elle me pose en post-scriptum ? *La* question, hé oui ! la grande question. Celle qui finit toujours par vous tomber dessus, on a beau être blindé… Qu'est-ce que je vais bien pouvoir lui répondre, à ton avis ? Si j'écris que tu fais des progrès, ça lui suffira-t-il ? Parce que je ne risque pas d'être pendu pour ça : des progrès, tu en fais, il n'y a pas à dire. Personne n'irait prétendre le contraire. "Alors, madame Truchot, votre Maurice, son tour du monde ? – Eh bien, madame Trochut, dans deux ou trois mois, si tout se passe bien, il compte atteindre le coin de la rue. – Le coin de la rue ? Mazette ! Il fait des progrès, ce petit…" Mais ne tire pas cette gueule, enfant gâté, mange donc ! Tu crains d'attraper du ventre ? Écoute-moi, imbécile : je vais lui faire une belle lettre, à ta mère. Si toi, tu ne t'en sens pas les tripes, moi je vais la rendre fière de toi. J'y passerai mon dimanche, s'il le faut. Il y aura au moins une personne sur cette terre qui se fera du petit Maurice l'image d'un comédien. Et qui en sera, si j'en juge d'après ta figure, plus satisfaite que l'intéressé… Allons, redresse-toi, Momo : le petit oiseau va sortir ! Une personne, tu trouves que c'est peu ? Eh bien, moi qui te parle, j'ai connu des gens qui t'envieraient. J'ai connu des gens que leur mère prenait pour des fruits secs, des tire-au-flanc, des branle-la-gueule, des parasites et, veux-tu que je te dise ? à juste titre, mon petit vieux, à juste titre…

« Bon. On n'est pas là pour rigoler. Les anciens ont dû t'avertir : dans mon cours, il n'y a pas d'examen de fin d'année. C'est-à-dire qu'il y en a un, mais que tout le monde est reçu. Ou alors il faudrait que je sois la dernière des brêles, comme professeur, non ? Dans ces conditions, même si tu ne te présentais pas ce jour-là, tu aurais fort à faire pour me convaincre de te recaler. On n'a pas si souvent l'occasion de réussir un examen – ou n'importe quoi d'autre dans la vie, tu te rappelleras ce que je viens de dire. N'empêche que cela fait une paie que je t'ai sur les bras : moi non plus, figure-toi, je ne serais pas fâché de savoir où tu en es. C'est ce que nous allons vérifier. Ça ne sera pas long, ne t'inquiète pas. Tiens, tu vas aller me chercher mon chapeau là-bas, au portemanteau… Oh ! essuie-toi les mains, d'abord : ce n'est pas du taupé de garçon-coiffeur! Très bien. Encore un petit coup, va. Voilà... Maintenant, n'aie pas peur, mets-le sur ta tête... Mieux que ça! Imagine-toi que tu es en train de mettre un chapeau, si ça peut t'aider... Nous y sommes. Reviens par ici. Ne t'occupe pas de ces gens-là : ils te sauront gré d'avoir quelque chose à raconter quand ils seront de retour à la maison. Parfait. Je vais te faciliter les choses au maximum : interprète-moi le seul rôle que je t'aie jamais vu travailler un peu sérieusement, j'entends dans l'intention d'imposer à ton public une image bien définie et d'obtenir de lui une réaction bien précise. Alors?... Lequel, Patron? Lequel? C'est bien ce que je lis dans tes yeux effarés? Ça n'a pourtant rien de sorcier, mon pauvre Maurice. Tu as enfilé le costume? Eh bien, passe-moi le rôle qui va avec! Tu es moi, et moi je dois oublier que tu es toi : c'est aussi simple que ça, mon petit vieux. Tiens, tu l'as, ton texte, si c'était cela qui t'arrêtait. Je t'écoute : C'est aussi simple que ça, mon petit vieux. Allez, la salle s'impatiente. Toc-toc-toc, les trois coups, rideau! L'artiste s'avance côté cour, se tourne vers la rampe et dit : *C'est aussi simple que ça, mon petit vieux...*

– *C'est aussi simple que ça, mon petit vieux.* »

Ma première tentative... Disons que le grand Simoneau lui-même n'aurait guère fait pire. Si j'avais été dans la salle, je me serais sifflé. Le Patron ne m'a pas quitté des yeux; il reste un bon moment sans réaction.

« Bon, lâche-t-il enfin, il faut que tu prennes tes marques, c'est bien naturel. Recommence. »

Je m'éclaircis la voix. Quelqu'un rit dans le restaurant; j'ignore si c'est de moi.

« *C'est aussi simple que ça, mon petit vieux.* »

Le Jouvet de Colombes m'observe sans un battement de cils.

« Fascinant », se murmure-t-il à lui-même. Et à moi, en haussant le ton : « Essaie encore : *C'est aussi simple que ça, mon petit vieux.*

– *C'est aussi simple que ça, mon petit vieux.* »

Cette fois, il a esquissé un vague hochement de tête. De mon côté, je serais infichu de dire si mon interprétation s'est tant soit peu améliorée. Je ne contrôle plus rien. Avec son chapeau, il m'impressionnait ; sans, il me désarçonne. Plus je le regarde, moins je le reconnais. Et, de la même façon, plus je m'écoute déclamer la maudite réplique, moins j'ai idée de ce que j'entends. Il pose devant lui son briquet et son paquet de chesterfield.

« Hum ! Allez, encore : *C'est aussi simple que ça, mon petit vieux.*

– *C'est aussi simple que ça, mon petit vieux.* »

Il a froncé un sourcil.

« Tu veux que ta mère soit fière de toi ? Concentre-toi un peu, nom d'un chien !... *C'est aussi simple que ça, mon petit vieux.*

– *C'est aussi simple que ça, mon petit vieux.* »

Il lâche un soupir.

« En effet, reprend-il d'un air songeur, ça n'a pas l'air bien compliqué. Alors, pourquoi est-ce qu'on n'y arrive pas, hein... c'est ce que tu te demandes ? »

Le voilà qui se dresse devant moi.

« Allez, passe-moi ce chapeau. Assieds-toi... Non : à ma place, bien entendu, à l'orchestre. Je vais te montrer quelque chose, mon petit père. Tu y es ? Regarde bien, ouvre grandes tes esgourdes. Là, je suis en train de passer le rôle devant toi. »

Il frappe le sol du pied.

« Toc-toc-toc. Levez ! »

Il prend la pose.

« *C'est aussi simple que ça, mon petit vieux.* »

Il quitte la pose. Secoue la tête.

« Tu réalises ? Est-ce que tu réalises ? Il s'en faut de pas grand-chose, mais ça ne marche pas non plus. C'est moi, c'est mon feutre, c'est ma phrase, c'est ma voix, et pourtant, le petit chouia qui manque suffit à tout gâcher. Le théâtre, vois-tu, c'est aussi simple que ça. Rien qu'un petit chouia. Je suppose que tu es rassuré ? Écris-lui de ton côté, à ta mère : elle s'inquiète, c'est normal. Mais ne va pas lui raconter que je t'ai parlé de sa lettre, hein, sacré Momo ! »

Écrire, ça n'était pas mon fort. Il n'y avait pourtant pas d'autre solution. Le téléphone figurait au nombre des choses superflues dont Maman, bien à contrecœur, avait dû se laisser manquer. En province, à la fin des années 50, cet instrument avait cessé d'être l'apanage d'une élite. Pour autant, l'heure n'était pas encore venue où l'on s'y abonnerait sans raison impérieuse. Quant à téléphoner comme aujourd'hui en braillant des inanités sur la voie publique dans l'espoir d'épater les rares badauds qui ne se livrent pas eux-mêmes à cet exercice, personne n'eût osé imaginer une telle turpitude. Avec qui, ma première conversation à distance ? J'ai oublié. En revanche, je me souviens parfaitement que je lançais des « Allô ? Allô ? » désespérés, de peur de ne pas bien comprendre ce qu'on allait me dire. Il m'est resté quelque chose de cette panique primitive. Je considère comme une des bénédictions de mon existence qu'on m'ait appelé fort peu.

Avant de me relâcher, le Patron tient, selon ses propres termes, à me « payer la goutte ». Cette expression qui n'a plus cours au Quartier latin est celle qu'employaient aussi les réprouvés de l'Arsot. « Une petite goutte, facteur ? » Quand j'apportais un paquet, ou un mandat, si dérisoire fût la somme, il n'y avait pas moyen d'y couper. J'acceptais donc ce que j'appelais « le premier-aujourd'hui-de-cette-main-là ». Empruntée à *Un nommé Louis Beretti*, mon polar préféré de l'époque, cette expression avait le don de les mettre en joie.

En sirotant mon kirsch, je songe à Valentine. Car je rêve d'Ornella sans entraves, mais je me permets quelquefois de songer à Valentine. Tandis que j'entrais chez Babette avec le Patron, elle a dû tourner le coin de la rue et disparaître de la circulation, selon sa bonne habitude. Nous ne savons toujours pas à quoi ressemble la vie de notre camarade en dehors du cours. Une telle indiscrétion ne me ressemble guère, pourtant j'aimerais être dans la confidence. Il m'arrive bien d'essayer de la suivre en imagination, quand je ne me surveille pas : hélas ! elle me sème au premier carrefour. Je l'ai dit, l'imagination n'a jamais été mon fort.

De leur côté, les copains ont pris la route de la capitale. Leverjus s'est installé aux commandes de la 4-chevaux, le coude à la portière pour faire artiste. Sous le plus mince prétexte, il prodigue le double débrayage que le monde lui envie. Vous verrez qu'il ne finira pas la saison sans s'être acheté au Monoprix une paire de ces gants de course auxquels manque la moitié de chaque doigt.

« Alors, Maurice, tu vas brûler les planches, c'est bien ça ? »

La question me tire de ma rêverie. Mon Petit Vieux fronce le sourcil, le gauche. Il me dévisage d'un air soupçonneux, sans la moindre trace d'ironie, toutefois.

« Allez ! Ne te tracasse pas pour si peu, lâche-t-il en faisant signe au bistrot de remplir nos verres. Personne ne brûle les planches, mon petit père, même pas Valentine Lambrecht. Ce sont les planches qui te brûlent – si toutefois tu as la veine de garder les pieds dessus assez longtemps pour ça... Veux-tu un bon tuyau ? Apprends donc la *Tirade des nez* et garde-la dans un coin de ta cervelle. C'est une poire pour la soif. Il y aura toujours un gogo disposé à t'acheter cet article. Ça les prend à la maternelle, et bien beau s'ils ne repiquent pas au truc un dernier petit coup sur leur lit de mort. Ils te feront un triomphe, garanti sur facture ! Tu n'auras pas lieu d'en être fier et pourtant tu le dégusteras comme du petit-lait, veux-tu parier ? Oh ! je connais la musique. Passe-moi l'expression : tout le monde se pisse dessus et tout le monde est content. *(Une pause.)* Surtout les blanchisseurs. Allez, à Valentine Lambrecht, hein, puisqu'elle ne peut pas nous entendre ! »

Il siffle sa mirabelle d'un trait.

J'ai vu le film où le vrai Jouvet va faire son cirque dans une blanchisserie. Un vieux couillon l'appelle « mon commandant » et lui, professeur au Conservatoire, le fait rentrer sous terre. Cette scène-là, Mon Petit Vieux pouvait nous l'interpréter à dix reprises au cours d'une même leçon, en renouvelant le dialogue à chaque fois. Mais le message restait identique : faire l'acteur, ça n'empêche pas la dignité. A l'époque, le sermon glissait sur nous. Aujourd'hui, je lèverais le doigt pour en savoir davantage. « D'accord, patron, lui dirais-je. D'accord, patron, d'accord. Mais, s'il y a de l'honneur à se trouver sur une scène, cela signifie-t-il qu'il y a du déshonneur à ne pas s'y trouver ? »

Ai-je bien fait tout ce que j'ai pu pour grimper sur ce fichu plancher ? En tout cas, je ne suis jamais resté là-haut très longtemps. Jamais aussi longtemps que ma mère se forçait à le croire – se forçait à croire ce dont, pourtant, je n'avais pas le front de la persuader, me contentant d'allusions ambiguës. « Croire aux miracles, disait encore le Jouvet de Colombes, c'est l'excuse idéale pour ne pas en faire. Au moins, ça passe le temps. » Passer le temps, on a vu que je m'y entendais depuis ma plus tendre enfance. Bouillant d'impatience dans les cours d'art dramatique, certains camarades se sentaient comme des grenades dégoupillées, des explosions en sursis. Moi, je suivais ma pente.

Pas mal de choses se sont passées depuis ce déjeuner chez Babette, il y a quatre ans : le référendum sur l'autodétermination en Algérie ; le putsch des généraux, l'O.A.S. ; les attentats ; la nuit où le grand Simoneau s'est interrogé sur l'opportunité d'aller recevoir les parachutistes félons qui s'apprêtaient à sauter sur Paris (et eurent le bon goût de s'en abstenir avant qu'il soit parvenu à une conclusion) ; la nuit de Charonne ; les accords d'Évian ; la démission de Michel Debré et l'attentat du Petit-Clamart ; la quatrième semaine de congés payés pour les ouvriers de chez Renault. Sans parler du mariage aussi incongru qu'imprévisible de Valentine Lambrecht avec Leverjus et de leur divorce, six mois plus tard, au grand soulagement de tous.

Pour ma part, j'étais allé faire le zouave et le désespoir du sergent Mergevauld à Tizi Ouzou, avant de rejoindre une caserne plantée au milieu du plus vaste et du plus lugubre des hivers allemands que je contemplais de la fenêtre d'un bureau où le plus clair de l'ouvrage consistait à se lancer de pâteux « La quille, bordel ! » dès que le gradé de service avait tourné les talons. Depuis des mois, je slalomais tant bien que mal au milieu des fatmas et des gretchen que mes voisins de chambrée, déplorant mon naturel romantique (ils avaient d'autres mots pour le qualifier), essayaient de me pousser entre les jambes... Aux dernières nouvelles, pas un de mes anciens condisciples n'avait réussi à percer si peu que ce fût. Pas même Valentine, qui aurait dû être la première à défrayer la chronique. Je me suis laissé dire qu'elle avait tracé un trait sur ses ambitions, définitif. Quel gâchis pour le théâtre, pour elle et pour moi ! J'aurais tant aimé découvrir le visage de Valentine sur une affiche : à partir de ce moment-là, qu'est-ce qui aurait bien pu me retenir de rêver d'elle ?

Démobilisé, je m'attardai quelques semaines chez ma mère puis, comme aucune autre guerre ne se profilait à l'horizon, il fallut bien, pour ne pas lui gâcher son mirage, que je reparte conquérir la fortune et la gloire. En quittant la gare de l'Est, je pris sans la moindre hésitation le chemin de Colombes, avec mon sac en treillis en guise de bagage. Et devinez quoi ? Mon ancien studio venait de se libérer l'avant-veille.

Me revoici dans cette pièce de quinze mètres carrés qui a encore moins changé que moi ; qui ne prendra jamais la peine de me ressembler, s'étant imaginé tout comme moi, le jour où j'y avais posé mon baluchon pour la première fois, que je ne faisais que passer. Pleut-il ? Ne pleut-il pas ? « Il pleut. Il ne pleut pas. » Ce pourrait être du Beckett, mais on en est loin. Très loin. Ou alors en plein dedans.

Vous êtes assis là. Vous lisez un bouquin sans savoir ce que vous êtes en train de lire, bien qu'il y ait ce sixième sens qui vous fait tourner les pages au bon endroit. Vous empêchez votre regard de s'échapper sans cesse du côté du téléphone. Mais il tire si fort sur sa laisse qu'il vous entraîne. Alors vous vous levez. Vous allez à la fenêtre. Ça vous connaît un peu, les fenêtres. Vous fixez quelque chose que vous ne voyez pas. Vous vous retournez vers la porte et, une demi-seconde plus tard, vous revoilà planté devant le téléphone. Il fait le piquet ; vous, la chèvre. Vous tendez l'oreille, tel un domestique du boulevard penché sur un trou de serrure. Le téléphone, lui, incarne le silence des dieux avec une prestance toute shakespearienne. Les journées sont interminables, mais les semaines filent à une allure ! Appliquant sans y songer l'enseignement du vieux crabe (que vous êtes allé revoir, bien sûr ; à qui vous avez tenu à payer la goutte et qui vous a traité comme si vous rentriez d'une tournée triomphale), petit à petit vous vous êtes mis à travailler le rôle du type qui n'a pas de rôle. Et c'est cela, désormais, que vous prenez au sérieux, plutôt que l'abîme qui se creuse sous vos pieds. Ce regard que vous lancez au téléphone, il y a des garçons, dans les cours d'art dramatique, qui s'arracheraient un œil pour l'obtenir… (Vous notez cette phrase, on ne sait jamais ; un jour, vous écrirez peut-être vos propres textes.) Et quand le téléphone finit par sonner, vous regrettez presque de ne pas l'avoir débranché.

Car ce que l'on va vous proposer, après ces semaines, ces mois d'angoisse et de crampes d'estomac, n'aura que peu de chose à voir, forcément, avec ce rôle dont vous maîtrisez à présent la moindre nuance. Ce rôle dont, de décantation en décantation, vous avez distillé la quintessence au point qu'un seul de vos battements de paupière pourrait désormais résumer l'infinie complexité de la condition humaine. Mais vous avez le dos au mur : comment refuser ?

Avec vos dernières économies, vous invitez au restaurant chinois deux copains que vous n'aviez pas vus depuis… pfou ! et sur lesquels vous êtes tombé comme par hasard l'avant-veille, à la faveur d'une audition calamiteuse organisée dans une M.J.C. de la banlieue est. Ils n'ont pas votre chance, mais ne manquent pas de projets non plus. L'un songe à se marier avec une fille que le photomaton ne gâte pas, il faut dire ce qui est (qu'elle se rassure : même au naturel, elle ne risque pas d'éclipser Valentine

Lambrecht). L'autre s'est souvenu qu'il connaissait quelqu'un qui connaissait quelqu'un dans une agence où l'on recrute des mannequins pour les catalogues de vente par correspondance. Au moment de l'alcool de riz payé par la maison, après les propos de circonstance auxquels astreint la nudité lascive baignant au fond de la petite tasse, chacun à votre tour vous imitez Louis Jouvet. Enfin, celui de Colombes – c'était le bon temps, non ? Et tout le monde rentre chez soi.

Vous faites votre sac. Vous partez en tournée. Vous allez remplacer au pied levé un autre clampin dans la troupe d'un dénommé Belloyzeaux dont vous ne savez rien, sinon qu'il est célèbre. Mon Petit Vieux vous a pistonné auprès de cette gloire du mime contemporain – un de ses anciens camarades des tournées Karsenty – bien que vous n'ayez aucune expérience dans la spécialité. Mais qui s'en inquiète ? On ne vous demande pas de vous pavaner sur le plateau avec le maître : seulement de compléter son effectif, lequel, outre lui-même, rassemble en tout et pour tout une habilleuse-maquilleuse-régisseuse-comptable-éclairagiste (une nympho sur le retour encore toute bleue des pince-fesses de la Libération, ainsi que vous l'apprendrez bientôt à vos dépens) et un porteur.

Le porteur (c'est-à-dire moi) se coltinait les valises à la ville et, à la scène, les pancartes qui, en lettres énormes, avertissaient le public de ce que le mime allait mimer. Entre nous, c'était une sage précaution. Sans elles, je ne sais pas ce que les gens seraient allés imaginer. La suite montrera qu'il était sage de s'en inquiéter. Très féru de son art, fort imbu de sa personne, le dénommé Belloyzeaux était capable de discourir des heures durant sur les avantages du mutisme.

L'univers et, je puis en témoigner personnellement, toute une partie de la Haute-Saône lui vouaient une admiration sans bornes, mais, pour être franc, je ne pouvais m'empêcher de trouver bien des points communs entre sa *Déclaration d'amour* et sa *Panique à la ferme*. Comme c'était en outre un individu d'une mesquinerie et d'une bassesse révoltantes, je me suis amusé un jour à intervertir les pancartes : *Aux bains de mer* pour *Un souper aux chandelles, French Cancan* à la place de *La Chaise électrique* et tout à l'avenant. Des coulisses, je l'observais qui battait des ailes et se lissait les plumes pendant Le capitaine Dreyfus. Tout le monde n'y a vu que du feu. On lui a fait un triomphe comme jamais. Une ovation debout ! Belloyzeaux était si bouleversé de cet accueil qu'il n'a pas pu s'empêcher de leur mimer *Le bonheur*. Résultat : trois types qui n'avaient pas dû bien saisir de quoi il retournait ont quitté la salle polyvalente et sont venus l'attendre à la sortie avec des barres à mine. Et je vous jure qu'eux, ils n'ont pas fait semblant ! Le coreligionnaire Ben Barka était à peine plus mort que notre infortunée vedette quand ils l'abandonnèrent sur le carreau. Je me suis retrouvé chômeur du jour au lendemain. Et l'autre salope qui voulait qu'on se sauve avec la caisse pour aller faire Adam et Ève sous les palmiers...

De retour au bercail, je vais traîner au Quartier, un samedi, et, dans la file d'attente d'un cinéma où l'on donne *Quai des Orfèvres*, que je ne connais toujours pas, je me fais harponner par Simoneau. Il n'y aura bientôt plus que Valentine Lambrecht que je n'aurai pas revue.

Mon camarade me paraît un peu moins grand qu'autrefois. En revanche, il s'est beaucoup élargi. Cela tient sans doute à l'ampleur des projets qui l'habitent. L'inventaire qu'il m'en dresse après la séance au comptoir du Sélect Latin (célèbre café aujourd'hui disparu, à l'angle du Saint-Michel et de la rue des Écoles) me fait admettre sans peine que d'en avoir conçu autant ne lui ait pas laissé le loisir d'en réaliser le moindre. Il compte sur moi pour remédier à cette situation. Pourquoi ne formerions-nous pas un duo, tiens? Le genre Poiret-Serrault. Il suffirait d'avoir de bons sketches. Lui, l'écriture et tout ça, ce n'est pas son rayon; d'ailleurs, avec tant de fers au feu, il n'aurait pas la tête à ça. «Mais toi, Momo, tu pourrais essayer... Les cabarets rive gauche sont demandeurs. Il y a un circuit. Qu'est-ce qu'on risque? Imposons-nous, et les portes s'ouvriront.»

Rien n'était mieux observé. Le vertige me gagne à dénombrer toutes les portes qui se sont ouvertes pour nous aider à trouver plus vite le chemin de la sortie.

«Au fait, mesdames et messieurs, pourquoi faut-il que ce soient les moutons qui hurlent avec les loups? Je n'ai pas un bœuf sur la langue, aussi vais-je vous le dire. C'est parce que les moutons, fines mouches, ne veulent pas qu'on les prenne pour des agneaux. Alors ils bouffent du lion. Et après cela, comme ce ne sont pas des aigles, ils se mettent à faire les ânes. Bêtement, me direz-vous. Pas du tout, mesdames et messieurs! Par crainte de la vache enragée. Car la vache enragée, hein, c'est une véritable cochonnerie, encore pire que la fièvre de cheval!»

Voilà le seul échantillon de ma prose dont j'aie gardé le souvenir. Au moins la résume-t-il tout entière : des jeux de mots enfilés bout à bout, des calembours à la chaîne, des idées juste assez creuses pour avoir l'air profondes.

Simoneau s'en tapait sur les cuisses. Je ne doute pas que notre carrière eût été moins météorique s'il avait pu se tenir chaque soir dans la salle plutôt que sur la scène. Nos « prestations » – néologisme qu'on commençait à lire partout – ne suscitèrent que deux échos dans la presse. L'un nous classait, sans autre commentaire, bons deuxièmes au palmarès des spectacles « à fuir cette semaine » (le dernier film d'Ornella avait dû se satisfaire d'une place tout juste honorable en catégorie « à éviter »). L'autre était l'œuvre d'un critique anonyme qui proposait à ses lecteurs, s'ils voulaient vraiment s'amuser, de « passer un dimanche à regarder tomber la pluie derrière les carreaux » plutôt que de nous consacrer les vingt minutes que durait notre exhibition. Je ne pus m'empêcher de ressentir une certaine sympathie pour cet individu.

Désabusé, Simoneau est retourné à ses perspectives grandioses, lâchant du coin des lèvres : « Que veux-tu, mon pauvre vieux, le système ne se laisse pas subvertir comme ça... » J'avoue n'avoir eu à aucun moment conscience de subvertir le système. Au moins avions-nous évité le pire : en dépit de la menace qui pesait sur nos têtes, les extraits les plus désopilants de notre numéro ne seraient pas édités sur 45-tours simple, le producteur ayant eu l'heureuse inspiration de lever le pied la veille de l'enregistrement avec les trois sous que nous avions investis dans l'affaire.

La vie à Colombes reprit son cours normal. Elle passait et je la regardais passer.

La France s'est retirée de l'O.T.A.N. Bizarrement, je n'en ai pas été trop affecté. Je n'ai ni acheté, ni volé, ni même feuilleté à la sauvette le numéro de *Lui* où Ornella posait nue. « Ornella qui mal y pense ! » proclamait l'affichette placardée sur les kiosques. Ornella retirait ses vêtements : moi, j'avais l'impression que l'on m'écorchait vif. Si Valentine Lambrecht m'était alors apparue, par exemple sur le boulevard de Valmy, la honte m'aurait fait changer de trottoir. Il m'a fallu digérer l'ignominie de cette exposition comme tout le reste : les silences du téléphone et les fausses bonnes nouvelles envoyées à ma mère du bout de la plume. La nausée me venait aux lèvres lorsque je lui glissais mes boniments au détour d'une phrase, telle une parenthèse sans conséquence dans une lettre frivole – *pesamment* frivole, j'imagine. Je m'inventais des contrats pour ne pas aller affronter son regard. Je n'osais imaginer sa déconvenue en ne voyant toujours pas mon nom s'étaler au fronton des cinémas. Et j'avais dû, faute de moyens, renoncer au projet de lui offrir à Noël le poste de télévision dont j'étais sûr qu'elle rêvait.

Ne me demandez pas comment elle a surmonté cette épreuve. Ni par quel miracle j'ai moi-même survécu, des mois durant, aux rendez-vous annulés à la dernière minute, aux bouts d'essai en pure perte, aux promesses non tenues, aux cachets non réglés, aux sarcasmes et aux reproches des commerçants chez qui s'étaient allongées mes ardoises, aux ultimatums du propriétaire et au mépris de la concierge dont le chien, à ma seule vue, avait l'écume aux dents.

En octobre 1967, pourtant, je suis reparti sur les routes avec une troupe qui promenait de ville en ville une pièce de Tchekhov. Seul en scène à la fin du quatrième acte, mon personnage y avait le dernier mot. Je venais de me choisir le nom de guerre, plutôt ronflant, de Simon Corporal. La réaction du public dépendait beaucoup de l'impression que Simon Corporal laissait avant la chute du rideau. En moins de trois minutes, je pouvais sauver pas mal de choses ou tout flanquer par terre. Mettez-vous à la place des têtes d'affiche : si j'étais trop bon, je les privais d'une part des bravos; si je ne l'étais pas assez, je les entraînais dans ma déconfiture. Très vite, je devins le type le plus méprisé et le plus craint, le plus haï mais le plus choyé de la compagnie. Étant la cadette, l'actrice qui jouait Ania reçut du reste de la compagnie la mission de sacrifier le peu de vertu qu'elle avait encore dans l'espoir que, séduit par elle, je serais plus facile à manipuler. Valentine n'en aurait pas voulu pour repoussoir. L'admiration qu'elle nourrissait à l'égard de sa propre personne n'avait, c'est heureux, nul besoin de mes encouragements, faute de quoi j'aurais dû me reprocher de n'y avoir contribué que médiocrement. Plus généreuse que moi, cette femme moins fatale que fâcheuse me plaignit beaucoup de languir entre un sac d'os comme Audrey Hepburn et une boule de suif telle qu'Ornella Campieoni. Après quoi nous prîmes soin de nous éviter.

Dans la pièce, j'étais un vieux schnock larmoyant et dur d'oreille. Vieux et malade, pour tout arranger. J'apparaissais par une porte, côté cour, au moment où les spectateurs se disposaient à rassembler leurs affaires. On ne pouvait les en blâmer : l'histoire était bel et bien terminée. Seul l'auteur estimait qu'il n'en avait pas encore assez fait pour vous arracher le cœur jusqu'à la racine. Les autres personnages s'étaient retirés. Ils étaient censés avoir fermé à clé les portes de la maison. On avait entendu le bruit des calèches qui s'éloignaient – un bruit de grelots fleurant l'automne et la fumée, il n'y a pas plus mélancolique… Alors, je déboulais dans mes pantoufles. Au fond de la salle, je distinguais la silhouette des petits malins qui se lèvent juste avant les bravos afin d'arriver en tête au vestiaire. Dès qu'ils m'apercevaient, ils retombaient dans leurs fauteuils.

Donc, j'arrive côté cour en traînant la semelle et je dis avec un fort accent slave : *Fermé… Partis…* Puis je m'assieds. Et je reprends : *Ils m'ont oublié… Ça fait rien… je peux m'asseoir là…* Et un peu plus tard, écoutez ça : *La vie, elle a passé, on a comme pas vécu… Je me couche un peu… Tu n'as plus de forces, mon pauvre vieux, il ne te reste plus rien, non, rien de rien… Propre à rien, va!…* Allongé sur les planches, j'incline la tête sur l'épaule et je me fige, les yeux mi-clos, la bouche entrouverte, sans remuer un cil. L'auteur avait noté au bas de son texte : « Le silence se fait. On entend seulement, loin dans la cerisaie, la hache qui cogne sur un arbre. » Dans la salle, tout le monde avait envie de tousser. Ça leur griffait la gorge et le fond des orbites, mais ils auraient préféré s'étouffer plutôt que de saboter le pathétique de ce silence ponctué par les coups de faux de la Camarde. Il m'arrivait de me dire que, s'il avait pu me voir ainsi, enfoncé dans un gisement de poussière dont les strates inférieures dataient pour le moins de Mounet-Sully, Mon Petit Vieux aurait été fier de son élève. Et ça durait, ça durait, c'était parti pour durer autant que la mort elle-même…

Je finissais par m'inquiéter. Au bout de trente secondes, un siècle s'était écoulé et je ne pouvais pas m'empêcher de me demander si j'allais être capable de me relever un jour.

Je me souvenais de Maman, quand elle me surprenait à faire des grimaces devant la fenêtre où, sous un certain éclairage, se reflétait mon visage : «Un de ces quatre matins, mon pauvre Momo, tu resteras comme ça!» Une frénésie me prenait de m'extirper de ce corps, pris de panique à l'idée qu'on allait m'enfermer avec lui entre les quatre planches d'un cercueil et que je resterais là dans le noir pour l'éternité, parmi les gaz qui fusent. J'essayais de me raisonner. Je me disais : «Pauvre mec, va, bouffon de merde, tu es allongé là parce que le jeu de scène est indiqué en italique dans le texte. Ce jeu de scène est spécialement destiné à créer un malaise. Mais pas chez toi, bon sang! Chez tous ces cons qui te surveillent, qui attendent que tu te relèves pour reprendre leur souffle et qui, peu à peu, se mettent à espérer que tu vas y rester, parce que, le théâtre, ça ne leur fait jamais autant d'effet que le premier motard qui se mange un quinze tonnes au coin de la rue. Bientôt ils n'y tiendront plus. Ils vont te servir une ovation comme tu n'en as jamais eu, et tu n'auras plus qu'à sauter sur tes jambes pour leur faire des courbettes et souffler du coin des lèvres, tel le dernier type qu'on a décapité là-bas en public, du côté du square du Souvenir (à ceci près que ce forcené, lui, braillait à pleins poumons) : "Je vous emmerde tous, allez vous faire mettre! Barrez-vous, barrez-vous, allez vous faire trouer le cul ailleurs!"»

J'espérais les vivats de toute mon âme. Je les attendais comme une grâce de dernière minute. Mais je les attendais aussi comme les arbres de la cerisaie avaient attendu la cognée du bûcheron… Soir après soir, le comédien n'arrête pas de finir, mais on ne lui laisse jamais vraiment le temps de commencer. Est-ce que le public du boulevard n'applaudit pas ses idoles avant même qu'elles aient pu articuler le premier mot de leur texte? Du coup, on connaît de ces bêtes de scène qui saluent dès leur entrée. Un machino distrait, enregistrant cela du coin de l'œil, pourrait aussi bien amener le rideau.

Pour quelle obscure raison tant de gens se font-ils un devoir, après les représentations, de s'entasser sur des escaliers branlants, dans des couloirs surchauffés ou dans des arrière-cours glaciales, en vue de réclamer à des artistes dont la plupart leur sont indifférents, sinon inconnus, une signature au bas d'un programme qu'ils abandonneront vingt minutes plus tard sur une banquette de bistrot afin de s'épargner la peine d'ouvrir le vide-ordures, une fois rentrés chez eux ? Mon Petit Vieux avait sa théorie sur la question.

« Il existe, prétendait-il, une scène que tu ne dois rater à aucun prix. C'est la seule où ils ne te passeront rien, persuadés qu'ils sont de la connaître mieux que toi : cela s'intitule *Les Autographes*. De fait, le plus emmanché d'entre eux te la jouera au petit poil, avec des variations, des trouvailles, des fantaisies dont tu n'as pas idée. Et je te fiche mon billet qu'il faudra t'accrocher pour être à la hauteur ! De quoi penses-tu qu'ils vont parler en regagnant leur nid douillet ? De la façon dont tu as rattrapé les douze vers d'une importance capitale que ta partenaire avait allègrement étouffés ? De ta manière de sortir, comme si tu venais tout juste de l'inventer, une de ces reparties si galvaudées que même les sourds de naissance en ont les oreilles rebattues : *Qu'allait-il faire en cette galère? Être ou ne pas être...*, *A moi, comte, deux mots!*? Tu t'égares, mon pauvre garçon : ils s'en tamponnent le coquillard avec des plumes de paon! Veux-tu que je te dise? Ils parleront de ton peignoir et de ton fume-cigarette. Ils commenteront à perte de vue les banalités que tu leur auras servies en gribouillant sur le chiffon de papier qu'ils te tendent un nom qui, probablement, ne sera même pas le tien. Et tant pis pour toi si tu as la main trop sèche ou trop moite à leur goût, le cheveu trop rare ou trop long, la griffe trop comme ci ou pas assez comme ça. Il fallait mieux travailler le rôle! Souviens-toi de cela : la séance d'autographes les venge d'avoir, à cause de types dans ton genre – et c'est une chose qu'ils ne pardonnent pas facilement –, dû se farcir du théâtre pendant deux heures d'horloge. »

Un soir de novembre, à Saint-Étienne, une visiteuse isolée se présente sur le seuil de ma loge. Et c'est Valentine. Valentine Lambrecht. Toute pareille au souvenir que j'en ai gardé. Audrey Hepburn s'est fait refaire le nez, à ce qu'on prétend. Ornella, quant à elle, s'est... – je ne trouve pas le mot – épanouie? Sur le visage de Valentine, le passage des années n'a pas eu de prise.

« Tu étais superbe, me lance-t-elle avant que j'aie trouvé un seul mot à lui dire, pas même bonjour. Sais-tu qu'un instant, dans la scène finale, je me suis demandé s'il ne t'était pas arrivé quelque chose pour de bon?

– Il ne fallait pas t'en faire, ai-je répondu. D'une façon générale, il ne m'arrive rien. Ce soir, c'est l'exception qui confirme la règle. Alors, comment ça va, depuis le temps? »

Elle se contente d'esquisser un sourire. Un sourire qui, dirait-on, ne s'adresse pas à moi, mais à une part d'elle-même restée en arrière, très loin de la pièce où nous nous trouvons.

« Tu vois que tu l'as quand même apprivoisé, le petit mille-pattes… Je peux t'inviter à boire quelque chose ? Signe-moi ça en vitesse et sortons.

– Tu n'es pas en train de me réclamer un autographe, quand même ?

– Mais si. Pour commencer. »

Commencer quoi ? Il est près de minuit. Dans une heure, le dernier bar aura fermé.

Je dois renoncer à apprendre de sa bouche ce qu'elle fabrique à Saint-Étienne, si elle y habite ou ne s'y trouve que de passage. Pas question de me former grâce à elle une idée, même embryonnaire, de ce que fut son existence après mon départ pour Tizi et sa séparation d'avec Leverjus. Ma curiosité, au demeurant peu entreprenante, se heurte à ce sourire nébuleux, à ce sourire de photographie sépia qui confère à son silence un surcroît de mystère.

Valentine préfère que nous parlions de moi, de la scène qu'elle a tant appréciée, du talent qu'elle me prête. Son visage s'illumine. Elle me dit :

« Il arrive un moment où l'on ne peut plus faire semblant, n'est-ce pas ? Non, ce n'est pas ça… Il arrive un moment, je suppose, où, si l'on ne veut plus tricher, soit on joue ce qu'on est, soit on devient ce qu'on joue. Non ? »

Euh… Je ne suis pas sûr d'avoir très bien compris. Je me gratte la tempe. Elle éclate de rire. Je me demande si le gin-fizz (elle en est à son troisième) ne lui monte pas à la tête. Comme elle a renversé la nuque pour s'esclaffer, je l'observe avec plus de soin. Ses vêtements respirent le confort, le chic, un luxe discret. Elle ne porte pas de bague mais on distingue, à sa main gauche, une marque qui pourrait avoir été laissée par une alliance. Si longtemps après son divorce, est-ce pensable ?

« Où jouez-vous demain ? »

Il faut que je consulte mon agenda.

« On est quoi, demain ? Mardi ? Alors, nous serons à Mulhouse.

– Ça n'est pas la porte à côté, dis donc.

– Ils ont sans doute peur qu'on se la coule douce.

– Avec toi, ils ne risquent pas grand-chose. »

Nous nous quittons sur cette repartie ambiguë. Et un dernier flottement de son sourire. Elle a tenu à régler l'addition.

A l'hôtel, j'ai du mal à trouver le sommeil. Valentine ! Si quelqu'un, à Colombes, avait eu le feu sacré, le désir de bien faire et les dispositions adéquates ; si quelqu'un semblait destiné à brûler les planches – ou à se brûler aux planches, peu importe… Pas un d'entre nous n'a réussi. Et en aucun sens du terme. Cependant, j'ai beau compter et recompter sur mes doigts, de notre bande je ne vois que Valentine qui ait fait son deuil de la scène.

Le lendemain soir, Mulhouse se recroqueville sous une pluie perçante qu'on dirait chargée d'esquilles de verre. Je joue l'entrée du vieux Firs dans le monde des ombres avec une compassion à son égard qui me vaut un certain succès. Le sentimentalisme a toujours fait l'unanimité contre lui, mais ses manifestations continuent de recueillir les suffrages. Pour la première fois depuis le début de la tournée, un semblant de queue s'est formé à la porte de ma loge. Je sais que, demain matin, paraîtra dans la presse locale un article que je pourrai envoyer à ma mère, parce que mon pseudonyme y figurera sans faute d'orthographe, peut-être assorti d'une épithète flatteuse. Un type, qui donnait l'impression d'avoir été tiré du lit dans son imperméable, m'a ébloui de son flash au moment où je quittais le plateau.

Mon dernier client n'a pas plus tôt pris congé que j'aperçois dans le miroir une silhouette familière. Elle se découpe dans l'encadrement de la porte, un programme à la main.

« Aujourd'hui, dis-je, n'espère pas obtenir ma signature. Et c'est moi qui régale, au cas où tu aurais envie d'aller prendre un verre.

– Tout sauf un gin-fizz, alors », me répond Valentine Lambrecht.

La pluie tambourine à l'imposte. Le dialogue pourrait être celui d'une des scènes que, jadis, Mon Petit Vieux nous demandait d'improviser sous son regard impassible, protégé par ses paupières mi-closes de la fumée de Chesterfield.

« Rien n'est pire que de s'imiter soi-même, n'est-ce pas ? » enchaîné-je avec l'espoir que Valentine saura rebondir sur une réplique aussi fumeuse.

Un instant, elle m'observe avec attention.

« Tu parles d'imiter notre rencontre d'hier ? finit-elle par me lancer. Brûlons les étapes. Je te propose d'imiter notre rencontre de demain.

– Parce que nous allons nous rencontrer demain ?

– Concentre-toi un peu, nom d'un chien ! La scène n'est possible que si nous nous *sommes* rencontrés demain.

– Ah bon ? dis-je. J'espère au moins qu'il faisait beau, parce que j'avais justement oublié mon parapluie... »

Il n'y a pas si longtemps, les comédiens étaient inhumés de nuit, en terre non consacrée. Nos aïeux ne pouvaient se résoudre à déserter les spectacles, mais ils accusaient les acteurs de s'arroger une prérogative divine en apportant le souffle de la vie à des créatures nées de l'imagination humaine. Frankenstein, version Poquelin... Si c'est un grand péché que d'imiter la vie au théâtre, n'en est-ce pas un plus grand encore que d'imiter le théâtre dans la vie ? Valentine me convie à lui donner la réplique dans une comédie en décors naturels où chacun de nous va plus ou moins tenir son propre rôle. Une commedia dell'arte, de surcroît, où l'on improvise plus qu'à moitié les situations et le texte correspondant. Ce qui signifie que, pour connaître notre histoire à tous deux, il va falloir que je l'invente avec elle.

Interprétant cette rencontre du lendemain dans une bierstube aux fenêtres garnies de vitraux multicolores, je me surprends à reproduire ce qu'aurait pu être la rencontre de la veille si j'y avais fait moins piètre figure. Le garçon que j'incarne ne parvient pas à concevoir que le passé puisse être passé ; il dénie au présent le mérite d'avoir plus de présence et, à l'avenir, la prétention d'avoir plus d'avenir que cet indépassable passé. Pas de doute, ce type-là tient de moi. Mais la fille jouée par Valentine ne l'entend pas de cette oreille. Elle ne veut pas regarder en arrière ; pour elle, le présent ne saurait être que l'orée du futur.

Après Mulhouse : Vienne, en Isère. Qui, comme par hasard, est à deux pas de Saint-Étienne où nous nous trouvions l'avant-veille. Au saut du lit, je m'aperçois que Valentine a omis de me demander notre prochaine destination. J'abhorre par-dessus tout ces équipées fastidieuses que les tournées imposent. Tout véhicule ressemblant aux autocars de mon enfance ravive en moi des souvenirs éprouvants. Retranché dans ma quarantaine au fond du véhicule, je finis par me persuader que ma camarade s'est lassée d'un jeu qui, de toute manière, ne nous menait nulle part. Comment ne pas lui donner raison ? Pourtant, dès que je pénètre dans la fosse aux lions, une robe flamboyante attire mon regard au premier rang de l'orchestre.

« *Ma maîtresse est de retour ! J'ai tenu ! Maintenant, je peux bien mourir…* »

A peu de chose près, ce sont mes tout premiers mots dans la pièce. Ne craindrais-je pas de mettre dans l'embarras l'affreuse mégère qui incarne Lioubov Andreevna Ranevskaïa et doit régler sur eux son entrée, je les escamoterais d'une façon ou d'une autre. Ce n'est pas qu'ils m'écorchent la bouche : ils me paraissent désormais avoir quelque chose de trop beau.

« Aujourd'hui, me glisse Valentine après le spectacle, en me prenant le bras, on ne voyait que toi. »

Au café, nous sommes si bien ensemble que le personnel, ayant retourné à grand bruit sur les tables toutes les chaises que nous n'occupons pas, se voit contraint de nous flanquer dehors sans autre forme de procès. L'hôtel de Valentine est tout proche, mais elle tient à m'accompagner jusqu'à la pension, moins centrale, où est descendue la troupe. C'est ce que souhaiterait faire, je suppose, une admiratrice éperdue qui aurait la chance de se retrouver en tête à tête avec la star de ses rêves. Tout cela a beau n'être que de la comédie, je passe l'une des nuits les plus voluptueuses de mon existence. Sans rêver, sans penser, sans savoir à aucun moment si je dors ou si j'ai gardé les yeux ouverts dans le noir.

La tournée rejoint Bruxelles, le 1er décembre, au terme d'une odyssée cauchemardesque ponctuée de crevaisons et de pannes du système de chauffage, de casse-croûte spongieux, d'altercations avec des chauffeurs routiers, de démêlés avec la brigade volante. Je préfère oublier le grésil dans le Morvan, le verglas après Bapaume, ainsi que deux ou trois détours intempestifs dus à la neige.

Chez tous mes camarades, l'exaspération le dispute à l'épuisement. Je les vois tituber dans le couloir qui mène aux loges. Ils ont le regard hébété mais les nerfs à vif. Si quelqu'un a la malencontreuse idée de bloquer l'une des portes par où la Ranevskaïa doit passer, je sens cette dernière capable d'arracher un pan entier du décor pour me l'abattre sur le crâne. Non seulement je n'ai jamais été en odeur de sainteté auprès de notre doyenne, mais ma belle humeur fait de moi une provocation vivante.

Car je n'ai pas quitté le petit nuage sur lequel m'a trouvé le régisseur au petit déjeuner (ce type-là, lui aussi, a toujours l'air de me soupçonner de quelque chose). A peine installé dans le bus, je m'étais mis à travailler ma fameuse réplique – *Ma maîtresse est de retour! J'ai tenu! Maintenant, je peux bien mourir…* –, déplorant que Firs ait à bredouiller *Madame va prendre son café ici* avant d'en arriver à ce cri du cœur qui, selon moi, aurait fait une entrée en matière autrement plus allurée.

Nous n'avions pas encore atteint Lyon que j'envisageais d'apporter au texte une retouche en apparence insignifiante mais qui, pour la seule personne qui, dans le public, serait en mesure de relever la nuance, exprimerait beaucoup de choses. Tourné vers cette personne – et tant pis pour notre douairière qu'ainsi j'accueillerais en lui présentant le côté pile de mon individu –, je me proposais de déclarer : *Maintenant, je peux bien vivre* ou, mieux : *Maintenant, je peux vivre*, ou encore : *Maintenant, je revis*, voire : *A présent, je vais vivre*, plutôt que la phrase banale à laquelle Tchekhov, même de son vivant, ne devait pas tenir tant que cela. J'avais lu quelque part que, marié à une actrice, il encourageait volontiers les infidélités à son texte. Remplacer l'accent de la résignation par un air de liesse, c'était donner plus de ressort au personnage : mon initiative l'aurait enchanté.

Ce plan comportait néanmoins certains risques, dont celui de semer une gentille pagaille sur le plateau. Mes partenaires n'auraient plus en face d'eux un Firs disposé à s'effacer du tableau au moindre coup de gomme, mais un Firs récalcitrant qui, au lieu de s'éteindre telle une chandelle dans une atmosphère raréfiée, se consumerait de l'intérieur scène après scène.

On imagine mon désarroi quand, m'étant élancé sur les planches d'un pas digne du capitaine Fracasse en dépit de mon grand âge supposé, je ne rencontre ni au premier rang ni nulle part dans la salle le visage auquel je comptais m'adresser. J'ai beau fouiller la pénombre du regard en m'efforçant de ne pas perdre tout à fait contenance : l'endroit est bondé, mais pas de Valentine. Hier, sa défection m'aurait paru dans l'ordre des choses; aujourd'hui, elle me prend au dépourvu. C'est d'une voix d'agonisant que je finis par marmonner mon *Je peux mourir tranquille.* Ma déconvenue est si grande, je suis à ce point absent de mon rôle que j'ai l'air de ne pas penser une broque de ce que j'avance. D'ailleurs, je ne regarde même pas ma patronne en manifestant la touchante vénération que je suis censé lui porter, ce qui incite chacun à conclure qu'en vérité, le retour inopiné de la singesse donne au vieux larbin l'envie d'aller se pendre.

Sans l'avoir voulu, je déclenche une salve de rires qui va tout chambouler. Désormais, la pièce sera perçue non comme la description douce-amère d'une fin de partie, mais comme une comédie sarcastique, en conformité du reste avec un vœu de l'auteur dont peu de metteurs en scène, peu de comédiens, peu de spectateurs ont tenu compte jusqu'ici. Même la mort de Firs provoquera des gloussements.

Mes partenaires ont le sourire. Les ovations qu'ils recueillent à titre individuel leur font oublier qu'ils me les doivent. Chacun d'eux se persuade au demeurant que le spectacle n'a fait un tabac que parce qu'il a su, lui, en un moment crucial, le sauver par un geste ou une intonation appropriés du désastre auquel mes excentricités le vouaient.

A l'issue de la représentation, je m'assure un second triomphe en jouant *Les Autographes* au bénéfice d'une assistance considérable. Celle-ci me procure en outre le menu plaisir de rendre la vie impossible à notre régisseur, lequel, de son côté, ne cache pas sa joie de me voir à demi étouffé par la foule. De toute façon, je respirerais mal, on devine pourquoi. Le rideau est tombé, mais un trac comme je n'en ai encore jamais connu me dévore les entrailles. A l'instant précis où je me retrouve seul dans la loge, j'entends un pas dans le couloir. Je me fige. Mes paupières se ferment d'elles-mêmes. Une voix s'élève, un peu circonspecte. Ce n'est pas du tout celle que j'espérais, mais une épaisse voix d'homme qui n'a pas bu que de la limonade.

« Pardon, ça ne me regarde pas, mais vous ne seriez pas Maurice Truchot ? »

Je me plaque en catastrophe une serviette sur le visage. Trop tard : mon menton acquiesce déjà.

« J'en étais sûr ! Je t'ai reconnu dès que t'es pointé en scène, mon pote. Par exemple ! Zehnacker, tu te rappelles ? Marius ! A Sainte-Macul, toi et moi, on leur en a fait voir, oh putain ! »

C'est le cas de le dire. Au premier coup d'œil, ce gars-là m'a reconnu sous une tartine de maquillage, déguisé en vieil épouvantail présoviétique. Mais en moi, qui ne me suis pas encore décidé à me retourner, ce nom, pourtant pas si courant, de Marius Zehnacker n'éveille aucun écho. Au collège Sainte-Marie du faubourg des Ancêtres, il m'est arrivé d'en baver à cause de mon tempérament rêveur, mais je ne garde pas le souvenir d'en avoir fait voir à qui que ce fût. Ni d'avoir eu le moindre complice. J'étais celui qui restait dans son coin pendant les matchs de foot et, circonstance aggravante, semblait s'y complaire. Mal à l'aise dans la fumerie clandestine des cabinets ; manquant de panache jusque dans sa médiocrité, contrairement aux cancres flamboyants dont il partageait les piètres résultats, mais sans s'être appliqué à les obtenir

« Eh ben, mon salaud ! Maurice Truchot ! Ne me dis pas que tu es devenu une vedette ? »

Qu'il se rassure, je ne dirai pas cela. A contrecœur, j'écarte le linge qui me protège encore. Mes yeux croisent les siens dans le miroir. Je découvre sa figure, le reste de sa personne. Mon Dieu ! Il est énorme.

« Ça ! s'exclame-t-il en voyant ma réaction, je profite ! On ne va quand même pas se laisser aller, hein ? L'important, c'est de se sentir bien dans sa peau. Regarde les fakirs : ils dorment sur des planches à clous pour la bonne raison qu'ils se sentent plus à l'aise comme ça. On n'y peut rien, c'est dans leur mentalité. »

Il médite un instant là-dessus, le front plissé, puis reprend du poil de la bête.

« Alors comme ça, tu fais du théâtre, Momo ?

– En quelque sorte.

– A la dernière compote de récit' chez le père Destremont, on a pourtant fini ex aequo, tu te souviens ?

Il se colle les poings sur les hanches, bombe le torse, rejette la nuque en arrière, bascule le poids de son corps sur la jambe gauche, fait reposer la droite, le pied en extension, sur la pointe d'un après-ski du plus pur style fourrure de clapier et se met à hurler à pleins poumons :

– *Ah non ! C'est un peu court, jeune homme...* !

– ... *bien des chozeuzensomme* », lui renvoie en écho, avec l'accent de Bruxelles, tout ce que le théâtre abrite encore de créatures charnelles, sinon d'âmes errantes.

Il resplendit. Prospère au-delà de toute expression. Si cela continue, la loge sera trop petite pour lui. Et moi... *Et moi, pauvre de moi, j'ai ma croix dans la tê-ê-te, l'immense croix de plomb vaste comme l'amour...*

« Tu crois qu'ils nous auraient aiguillés sur *Cyrano*, ces foutus jèzes ? Pas de danger ! C'étaient *Midi, Roi des étés, épandu sur la plaine*, *Ô Meuse inépuisable et douce à mon enfance*, *Paris, cette longue rue qui descend vers Notre-Dame*, toutes leurs salades d'enfants de chœur ! Tu sais comment j'ai découvert ça, *Cyrano* ? Un lendemain de réveillon à la télé, en rentrant de chez ma tante à Colmar. Même qu'on a failli rater le début. Je revois encore le type qui faisait le rôle, tiens ! Attends un peu… Sorano, non ? Tout juste ! Daniel Sorano. Sorano-Cyrano : tu ne me diras pas que c'était le hasard ? »

Je ne lui dirai pas cela non plus. J'en dirai le moins possible. Avec un peu de chance, je ne dirai rien du tout. Valentine n'est pas venue : qu'il parle, qu'il dégoise donc sans reprendre haleine ! Qu'il me saoule de vaines paroles et que je m'endorme sur son sein généreux ! Allez, fais ton numéro, Marius, ne te gêne pas pour moi. Marius Zehnacker ! Et pourquoi pas Mordecai Ouedraogo ou Mouloud Pericolosospororgersi ? Je me sens vide comme ces merlans du vendredi soir que Maman disposait tête-bêche sur un carré d'étamine avec un peu de farine pour linceul. Et j'ai peine à y croire, mais il déroule bel et bien toute la tirade, avec les gestes et les liaisons, jusques et y compris *Je me les sers moi-même, avec assez de verve/Mais je ne permets pas qu'un autre me les serve.*

D'abord il me vient à l'esprit que si jamais Valentine, retardée pour une raison ou une autre, se présentait maintenant avec son programme à la main, les éclats de voix s'échappant de ma loge risqueraient de la faire battre en retraite. Après quoi, je ne peux m'empêcher de penser qu'entre la grossière pantomime de ce polichinelle d'occasion et ma propre « technique » de professionnel, il n'y a au fond qu'une différence de degré. Un petit chouia de mon côté, un gros chouia du sien : ce qui compte, c'est qu'il nous manque à tous deux quelque chose pour être vraiment à notre place dans la peau de quelqu'un d'autre.

Une limousine gris métallisé, avec chauffeur en uniforme, attend Marius Zehnacker à la porte du théâtre. Marius Zehnacker n'est pas n'importe quel imbécile. C'est un imbécile important. Il appartient à cette élite sociale assez perspicace pour s'être avisée qu'à la tentation d'acheter à prix fort et de vendre bon marché, le réflexe contraire était de loin préférable. La destinée l'a récompensé d'avoir eu cette intuition géniale. Tandis qu'il se déplace d'une capitale à l'autre à travers l'Europe – « non communiste », tient-il à préciser –, son argent fait des petits à une cadence infernale. Le pauvre Marius ne sait plus comment s'en débarrasser. Pas plus qu'il ne parvient à poser les fesses sur les coussins de sa propre D.S., « la même que le Grand Charles au Petit-Clamart ». Dans l'unique perspective de lui signer des chèques énormes, de lui consentir des ristournes suicidaires, on lui paie le train de luxe, on sollicite sa présence dans la cabine de première classe des avions. A l'arrivée l'attend un carrosse automobile gracieusement mis à sa disposition où, la fantaisie lui en prendrait-elle, sa fesse gauche pourrait s'établir à trois mètres de la droite. Et c'est tout juste si le personnage gourmé formant l'équipage de cette berline n'insiste pas pour lui glisser un pourboire chaque fois que, d'un geste plein d'onctuosité, il lui ouvre la portière.

Ce soir, on a retenu pour Marius la plus vaste suite du plus prestigieux palace de la ville, L'Amigo. Il me vante les mérites et les fastes de l'établissement comme si j'avais manifesté l'intention de m'en porter acquéreur, tandis que nous roulons en direction de la Grand-Place. Ayant appris qu'avant ce jour, je n'avais encore jamais mis les pieds à Bruxelles, il a insisté pour me faire découvrir ce site qu'il qualifie d'unique au monde et où, m'assure-t-il, nous trouverons de surcroît, même à cette heure tardive, des brasseries animées.

Quelques minutes plus tard, débouchant d'une petite rue, nous sommes catapultés au milieu d'un décor qui imite le théâtre avec autrement plus de ferveur, d'audace, d'extravagance et de poésie que les décors de théâtre les mieux conçus n'imitent la réalité. La nuit est claire et le mélange de lumière naturelle et artificielle semble avoir été dosé de manière à obtenir, des dorures qui rehaussent les façades, les reflets les plus troublants. Des bannières d'une ampleur peu commune portent les couleurs sourdes et capiteuses de la peinture flamande. Le vent lui-même participe à la mise en scène en prenant ces draperies dans un remous languide.

Avec majesté, la voiture décrit un arc de cercle qui nous amène devant la porte d'une brasserie à l'intérieur de laquelle, habitué des lieux, mon compagnon me précède. Un cheval empaillé en constitue le plus fier ornement. Marius Zehnacker tient à me faire goûter à toute une collection de bières non moins incongrues que cet étalage équestre. Brassée par des ecclésiastiques, la première est forte, fauve et floculante. Le cidre présente sur la deuxième l'avantage, pour moi inestimable, de moins sentir la pomme. La troisième évoque à l'œil comme au palais une décoction de cerises – ce qui dénote, à défaut de vertus plus élevées, une certaine franchise de sa part. L'absorption des suivantes doit être cause du fait que je n'en ai pas gardé un souvenir très précis. Sauf de la dernière, qui portait le nom à peine usurpé de *Mort Subite*.

Marius Zehnacker n'entend pas me laisser payer la moindre tournée. A charge de revanche, il ne me fait grâce d'aucune des anecdotes lamentables, blagues rebattues et grasses plaisanteries qu'il a ramenées de ses voyages et répertoriées dans un carnet spécial. L'établissement entier profite de cette manne. Si la mode avait été aux histoires belges qui fleuriraient quelques années plus tard, je crois que nous ne nous en serions pas tirés vivants.

Il s'anime à mesure que, déplorant de ne pas tenir de mon père le secret des muffées scientifiques, je sombre dans la torpeur. Je m'imagine à la place de Marius, contrefaisant le Juif, l'Arabe, le Nègre, le Curé, le Gynécologue, Ouin-Ouin, Marie-Chantal, Robidoux père et fils, que sais-je ? – et je suis pris d'un vertige que ne suffisent pas à expliquer les cyniques promesses de la *Mort Subite*.

« Regarde-moi ça ! me dis-je. Tu serais bien incapable de reprendre au débotté un seul des rôles qu'il vient d'endosser. Au surplus, combien te faudrait-il de semaines et de mois pour mettre au point le personnage, pourtant chargé, de Marius Zehnacker racontant ses insanités à l'ombre d'un cheval mort pendant que son chauffeur bat la semelle entre les praticables d'une sorte de mirage en trois dimensions ? »

On me tire par la manche. On me secoue le bras. Je flanque mon bock par terre.

« Alors ? s'exclame l'intarissable, plus goguenard qu'irrité. Tu dors les yeux ouverts, Momo ? Ça fait trois fois que je te demande si tu es marié ? Il est vrai que, chez vous autres, ces choses-là… Toutes les actrices n'ont peut-être pas la cuisse légère mais, à ce qu'on dit, elles ne crachent pas sur la bagatelle. C'est la vie de mahométan, hein ? Vous n'avez que l'embarras du choix. Du coup, le maire et le curé, ça peut toujours attendre ! De nos jours, bon, ça ne signifie rien, mais je vois que tu ne portes pas d'alliance… »

La sienne au contraire est sertie dans la panne de son

annulaire de telle façon qu'il faudra recourir à une pince coupante le jour où on voudra la lui retirer. Je confirme l'hypothèse de mon célibat. Je glisse sur le sujet de la gaudriole : il ne m'a jamais réussi et, ce soir, il m'est beaucoup trop douloureux. Dans l'espoir de faire diversion, l'idée me vient de mettre Maman sur le tapis.

J'aurais dû m'en douter : il se souvient d'elle. Il me demande si elle chaparde toujours dans le hall des cinémas. Sans doute va-t-il faire quelque référence graveleuse à Audrey ou Ornella. J'ai envie de pleurer. J'ai envie qu'on m'empaille à mon tour et qu'on m'oublie dans le magasin aux accessoires d'un théâtre des antipodes.

« Moi, déclare-t-il d'une voix contenue, ça va faire cinq ans. Celui qui me dit que ce n'est pas si long cinq ans, je lui fous ça sur la gueule ! »

Il me brandit son battoir sous le nez.

Marius Zehnacker n'est pas un imbécile heureux. Il faudrait plus d'un carnet pour dresser l'inventaire de ses déboires conjugaux. Bien sûr, il trompe sa femme, « et dans les grandes largeurs ». « Ça fait partie du métier, estime-t-il. On s'emmerde le soir et puis c'est surtout hygiénique, comprends-tu ? » Toutefois, ce n'est pas une raison pour que cette harpie, qui d'ailleurs ne se doute de rien, lui rende la vie impossible. « La vie, on n'en a qu'une. C'est trop ou pas assez, alors qu'on ne vienne pas nous casser les berlons ! » Je peine à suivre son raisonnement. Les griefs qu'il nourrit contre « la mère Zehnacker » touchent à des domaines si variés que j'ai l'impression d'être embarqué sur les montagnes russes. Il m'assure cependant que je suis le seul être au monde à pouvoir le comprendre. « Tu sais, soupire-t-il, je n'ai jamais parlé de ça à personne. Mais toi, tu es un artiste. »

Je ne réponds pas que c'est un privilège auquel, parfois, j'aimerais renoncer. De toute manière, il n'a pas l'intention de me lâcher. Il m'emmène prendre le dernier verre au bar de L'Amigo, qui se trouve à deux pas. A peine la porte du café s'est-elle refermée derrière nous qu'une buée transparente nous glace les joues. Les pavés bleuis de la Grand-Place sont tapissés d'une fumée de cigarette, une fine et dense pellicule de brouillard en suspension à hauteur de cheville. La limousine glisse derrière nous sans bruit, telle une gondole d'argent sur un canal, le long de l'hôtel de ville dont un second architecte, soit pour se distinguer du premier, soit pour lui saboter son œuvre, s'est ingénié à rendre les ailes dissymétriques. (Je préfère de loin l'explication fournie aux naïfs, celle que le serveur m'a donnée un instant plus tôt sans que je la lui aie réclamée : il n'y aurait eu qu'un seul architecte qui, trop préoccupé par les questions de détail, n'aurait pas pris conscience de son erreur avant le jour de l'inauguration; alors, de désespoir, il se serait immolé en plongeant sur la place du haut de la flèche.)

Comme le bar est fermé, Marius Zehnacker m'entraîne dans l'appartement du dernier étage où ses hôtes l'ont installé.

Quand je recouvre ma liberté, la nuit commence à pâlir. Les yeux bouffis, la casquette repoussée sur la nuque, le chauffeur de maître fronce le sourcil. Ni le nom ni l'adresse de l'établissement où il est censé me conduire ne lui disent quoi que ce soit. Le réceptionniste de L'Amigo verrait bien «ça» du côté de la gare. Le portier, un homme paternel et nullement guindé, pencherait plutôt pour les environs de la R.T.B. Quant au bagagiste, il ne cache pas qu'il aurait un petit faible pour la banlieue. Sur la route de Marchienne, tiens. Ou sur celle de Gand, pourquoi pas? De guerre lasse, mon limousinier se résout à consulter un plan loqueteux qu'il finit par me plaquer sur la poitrine :

«Je ne sais pas le trouver, bougonne-t-il. Tu n'as qu'à chercher pendant qu'on y va.»

Au premier coup d'œil, moi que les cartes ont coutume de désorienter, je repère la bonne rue. Ce miracle, cependant, n'améliore en rien l'humeur de mon compagnon.

«Qu'est-ce qu'on va foutre dans un quartier pareil, hein, je te demande un peu?»

Je lui avoue que je compte y dormir quelques minutes ou, du moins, y éprouver l'apaisante sensation de contempler un lit bien propre avant de remonter dans le car.

«Le car? Je ne saurais jamais voyager là-dedans!» lance-t-il avec indignation comme si je venais de lui proposer d'aller imiter le Manneken-Pis sous les fenêtres de Leurs Majestés.

Trois kilomètres plus loin, il ricane.

«Quand tu es une fois un homme d'affaires, fait-il en accrochant mon regard dans le rétroviseur, vaut mieux choisir des affaires qui marchent.»

La dèche où il me suppose lui inspire une soudaine compassion. Il voudrait maintenant me consoler d'avoir été mis sur la paille par «la Grande Gueule». Je devine au bout d'un certain temps qu'il s'agit de Zehnacker, auquel il prête volontiers, en plus de l'esprit de lésine, toutes les vilenies de la Création. Au point du jour, nous nous quittons bons amis devant une façade affligeante, couleur du ciment brut de décoffrage. Ai-je besoin de le préciser?

je trouve porte close. Ce que je ne trouve pas, en revanche, c'est la sonnette qui me permettrait d'alerter le gardien de nuit. Si bien que je suis obligé de tambouriner à cette maudite porte jusqu'à ce que les protestations des pensionnaires éveillent l'homme chargé de protéger leur sommeil.

Sans un mot, il me toise des pieds à la tête. Sur fond de noctambulisme effréné, je figure à ses yeux le sans-gêne et l'outrage.

« Le 35, comme de bien entendu ! » grince-t-il quand je lui réclame ma clé.

Comme de bien entendu ? Il faut croire que, depuis la nuit des temps, une malédiction voue le 35 à recueillir la lie de la société.

« Elle est là-haut, votre clé, ajoute le cerbère. Vous vous foutez de moi ? »

J'aimerais bien, mais je n'en ai plus la force. Si c'est un usage de l'hôtellerie brabançonne que de laisser les clés sur les serrures afin de ne pas décourager les initiatives des curieux, voire des squatters qui passent dans le couloir, il ne m'appartient pas de discuter une tradition aussi charmante. La *Mort Subite*, du reste, n'incite guère aux palabres. Désormais, je suis décidé à prendre les événements comme ils viennent. Qu'il n'y ait pas du tout de clé sur la porte, quelle différence du moment qu'elle s'ouvre ? Que je trouve quelqu'un dans ma chambre, quoi de plus naturel ? Que ce quelqu'un soit installé dans mon lit, il n'y a pas lieu de s'en étonner non plus, compte tenu de l'heure et de l'endroit. La seule chose qui, au premier abord, me déconcerte un peu, est qu'il s'agisse de Valentine Lambrecht, nue comme au jour de sa naissance.

Elle dort.

Ou peut-être fait-elle semblant.

A moins encore qu'elle ne joue le rôle d'une endormie, ce qui n'est pas la même chose. Voire celui d'une femme qui feint de l'être...

Confronté à cette situation dans la vie de tous les jours, Truchot, je pense, se retirerait sur la pointe des pieds (du moins j'espère qu'il ne filerait pas comme une fusée vers la sortie). Si le même cas de figure était proposé à Corporal en classe d'improvisation, sans doute chercherait-il dans le répertoire une réponse stéréotypée au problème. Du partenaire de Valentine au théâtre de la vie, on est en droit d'attendre un peu mieux.

Par exemple, le type pourrait rhabiller la fille en prenant grand soin de ne pas la réveiller... A première vue, c'est le geste d'un gentleman, mais comment faire pour qu'après coup, celle qui en bénéficie ne se sente pas embarrassée ?... Plus subtil, alors : le type lui remet ses affaires *et* retire les siennes, de manière à supporter seul le poids d'une situation scabreuse. Voilà qui est héroïque, nul n'en disconviendra.

Seulement, il faut plus qu'un héros pour vêtir une personne étendue de tout son poids sur une surface molle – à supposer encore qu'elle ait le sommeil assez profond pour se laisser faire… La solution la plus simple – j'aurais dû y penser plus tôt – ne consisterait-elle pas à rétablir l'égalité entre les protagonistes en dénudant le type ?

Sitôt dit, sitôt fait. Et maintenant ?

Une lumière laiteuse filtre des persiennes, dissout la pénombre, baigne la pièce. Elle recouvre peu à peu Valentine d'un filtre livide qui révèle jusqu'à l'insupportable sa nature charnelle tout en ajoutant à la scène une touche d'irréalité. C'est un spectacle étrange, une révélation poignante. Je n'ose me repaître de celui-là et ne puis détacher les yeux de celle-ci. Je reste comme un idiot sur la carpette, à danser d'un pied sur l'autre.

On frappe à la porte. Si tôt matin, ce ne peut pas être le régisseur : nous jouons aujourd'hui à Namur, qu'on rejoint en une heure. Quelqu'un se sera trompé de chambre. Valentine, en tout cas, n'a pas bougé un cil. Est-ce le signe d'un profond endormissement ou bien la preuve irréfutable qu'elle joue la comédie ?

On frappe encore.

« C'est moi », chuchote en détachant les syllabes une voix d'homme qui m'est inconnue.

Aucune réaction de Valentine, cette fois encore.

« C'est moi, je te dis. Ouvre ! »

Je rabats le drap sur elle. Je m'entortille tant bien que mal dans le couvre-lit à franges. Je me précipite vers l'entrée sur le bout des orteils, en levant haut les genoux. Ce gars-là me paraît tout à fait capable de donner du poing sur le panneau si je le laisse s'énerver.

« Qui est là ? » dis-je, collant ma bouche à la jointure de la porte et du chambranle afin de ne pas être obligé de hausser le ton.

Pas de réponse. L'importun a dû se rendre compte de son erreur et, craignant le courroux du locataire légitime, s'éclipser sans demander son reste. C'est dans la logique des choses. Et pourtant non. Quand, pour en avoir le cœur net, j'ouvre la porte le plus discrètement que je peux, j'avise contre le mur d'en face une silhouette qui, dans la sinistre atmosphère du couloir (à peine éclairé par une meurtrière badigeonnée à la diable d'un enduit glauque), semble surgie d'un film de gangsters des années 30. Pour renforcer cette impression, l'individu a glissé la main droite sous le revers gauche de sa veste ; jusqu'à la base du nez, ses traits sont noyés dans l'ombre d'un chapeau mou.

En dépit de cet indice, jamais je ne l'aurais identifié si, en reculant d'un pas sous l'effet de la surprise, je n'avais permis à la lumière qui traverse mes persiennes de frapper son visage. Lui-même, je le vois bien, hésite à me reconnaître. Son regard me flaire, me jauge, m'ausculte, m'épluche et m'expertise. Outre le fait que je me tiens dans le contre-jour, la façon dont je suis gaupé a de quoi laisser perplexe.

Sans me quitter des yeux, mon vis-à-vis tire de sa poche, au lieu d'un parabellum muni d'un silencieux, un banal paquet de clopes. Il en extrait une tige interminable qu'il se colle au bec avant de pêcher un briquet dans une poche de son pantalon et de procéder en grande cérémonie au rituel de l'allumage, où il est passé maître.

« *Le sort vous est propice autant qu'il m'est contraire. Je sais ce que j'ai fait, et ce qu'il vous faut faire* », déclame-t-il en suivant des yeux la volute de fumée qu'il a sculptée de ses lèvres.

Il a repris la voix que je lui ai toujours entendue, fort différente de celle qui me parvenait tout à l'heure.

« *Cinna*, acte V, première scène, poursuit-il. Encore que je te verrais bien aussi dans *Britannicus* : *Il n'est point de secrets que le temps ne révèle*, sinon dans *Nicomède* : *On n'aime point à voir ceux à qui l'on doit tant*, mais, comme tu ne me dois rien, je ne saurais que répondre. Quoi qu'il en soit, il n'y a pas à tortiller, mon petit père, on revient toujours aux classiques. Même quand on s'adonne aux joies simples du vaudeville. Pour un vrai comédien, il ne saurait y avoir de genre mineur. Existe-t-il aux yeux du peintre une couleur moins noble que les autres ? Combien de fois vous l'ai-je répété ? Sans vous convaincre, il va de soi. A part ceux d'entre vous en qui, justement, j'aurais préféré semer le doute. Ceux qui n'iraient pour rien au monde partager la soue avec les cochons mais trouvent opportun de faire les imbéciles lorsqu'ils sont confrontés à des abrutis. Tu as l'air égaré. Ressaisis-toi : c'est aux Leverjus que je pense. Au peuple immense des Leverjus, cette franc-maçonnerie d'un pragmatisme lugubre, suspendue à l'espoir que la médiocrité de la scène et celle de la salle conspireront par une flagornerie réciproque à se sacraliser l'une l'autre, avec pour conséquence de leur assurer le succès le plus large au coût le moins élevé ! Serais-tu assez aimable pour refermer cette porte, s'il te plaît ? *Auguste a tout appris et veut tout oublier.* »

Qu'insinue-t-il ? Réduisant son angle de vue à peu de chose, la position qu'il occupe ne devrait pas lui permettre d'apercevoir le lit. Quoi qu'il en soit, j'obtempère. Je ne songe pas plus à lui tenir tête qu'à lui demander ce qu'il fiche aussi loin de ses bases. Il y a, aujourd'hui comme hier, une évidence de Mon Petit Vieux qui ne se discute pas.

Il consulte sa montre.

« Et si nous allions prendre le petit déjeuner ? » propose-t-il.

Il se dirige déjà vers l'escalier. L'hôtel ne possède ni bar ni salle à manger, et, à en juger d'après le ton de défi de la directrice, paraît s'en faire un mérite considérable. Mais il y a un petit bistrot, sur le trottoir d'en face, où l'on sert aux travailleurs matinaux le café noir et les pistolets. Aux regards vacillants qui m'y accueillent, je réalise que je suis toujours drapé dans ma toge de fortune.

« Il ne vous fera aucun mal, lance mon compagnon à la cantonade. Pour moi, patron, ce sera un petit blanc dans un grand verre, limé si ça ne vous fait rien. »

Je bredouille : « Un crème.

– Et un crème pour l'échappé du cabanon ! »

Nous sommes samedi, les consommateurs ne se bousculent pas. Personne ne rit, Mon Petit Vieux moins que tout autre. Un bon moment, il sirote d'un air concentré en fixant le fond de son verre.

« Vois-tu, Maurice, m'assène-t-il soudain, la Belgique, c'est le sanctuaire de la poésie. En 14, les saint-cyriens se sont rendus à Charleroi en pantalon garance et gants blancs afin de charger les mitrailleuses allemandes l'épée à la main. »

Du pouce, il fait signe par-dessus son épaule qu'on renouvelle sa consommation. Posant un coude sur la table, je me cale le menton dans une main.

« Et puis ?

– Et puis on a ramassé les cadavres et on a inventé le bleu horizon, qu'est-ce que tu crois ! Bien des vies humaines ont été prolongées par cet artifice. Les militaires ont trouvé une bonne excuse pour aller se vautrer dans la boue des tranchées. D'une manière générale, la poésie en a pris un sacré coup. Ce qu'il reste de la poésie cinquante ans plus tard, ce sont des rogatons. Au Québec, on dirait : des retailles d'hosties. Regarde-toi, ce matin : tu as beau avoir fait des efforts méritoires, tout ça n'arrive pas à la cheville d'un pantalon garance. »

Je ne sais trop pourquoi, ce discours sans queue ni tête me flanque un cafard de tous les diables.

« Bonjour, lance, rayonnante, Valentine que je n'ai pas vue entrer. Je peux m'asseoir avec vous ? »

Elle, au moins, a pris le temps de changer de costume. Et, dirait-on, de rajeunir d'une bonne demi-douzaine d'années. Ses yeux brillent, son sourire étincelle, sa figure tout entière est comme éclairée de l'intérieur. En se penchant pour prendre place à la table, elle enlace mes épaules de son bras, et, comme je me tourne vers elle, estomaqué, m'embrasse à pleine bouche, assez longuement pour que j'imagine ma mère tripotant ses caramels.

Lorsqu'elle se détache de moi, je constate que le Patron a quitté sa chaise.

« Mademoiselle Lambrecht, dit-il en me désignant d'un geste plein de noblesse, permettez-moi de vous présenter monsieur Corporal.

– Très heureuse. Monsieur Corporal, en effet, est un homme que l'on a toujours le plus vif plaisir à connaître, je me comprends.

– Qui ne vous comprendrait ? observe-t-il avec un petit sourire en coin.

– Monsieur Corporal, continue Valentine, j'apprécie

l'occasion qui m'est offerte de vous présenter au professeur Patron. Le professeur Patron est un vieil ami.

– Un très vieil ami, si fait», confirme Mon Petit Vieux, plein d'onctuosité, en inclinant le buste devant elle. (On déplore qu'il n'ait pas un panache de plumes à son chapeau : il pourrait s'en servir pour dessiner dans l'air une cascade d'arabesques s'achevant, comme dans Molière, par un ample balayage du parquet.)

Les yeux de Valentine n'ont pas lâché les miens. Mon visage me brûle. Je lutte pour ne pas détourner le regard.

« Un vieil ami qui prend grand soin de moi, susurre-t-elle. Comme je lui rendais visite hier en région parisienne, il a tenu à m'accompagner jusqu'à Bruxelles.

– Ma chère, on vous suivrait jusqu'au bout du monde. Passer Quiévrain fut un aimable commencement.

– Tout le monde ne peut pas franchir le Rubicon, professeur !

– Vous parlez d'or. Cependant : *Que je ne le puis, ce serait faux ; que je ne l'ose pas, plus faux encore... Je vous remercie de vos peines et de votre courtoisie.* William Shakespeare, *Jules César*, acte II, scène 2.

– Ma courtoisie ? *Hélas ! monseigneur, votre sagesse se consume en confiance.* »

Mon Petit Vieux (le sourcil froncé, comme se parlant à lui-même) : « Elle aurait donc travaillé Calpurnia ? »

Valentine (de plus en plus radieuse) : « Oh ! je ne travaille plus. Désormais, voyez-vous, je me contente de vivre mes rôles.

– A moins que ce ne soit l'inverse.

– Je comptais justement sur vous pour me renseigner sur ce point. »

On dirait qu'ils ont appris leur texte par cœur. Et moi, qui va me souffler le mien ?

Comme pour donner de la valeur à mon silence, Valentine pose la joue sur mon épaule. Le parfum de ses cheveux me monte à la tête. Une fois qu'elle a passé son bras derrière mon dos, refermé sa main sur ma hanche, que puis-je faire d'autre que lui rendre la pareille ?

Mon Petit Vieux s'allume une Chesterfield avec plus d'ostentation que jamais.

« L'apprentissage ne peut pas être toujours réservé aux mêmes, souffle-t-il dans un nuage de fumée, le visage tourné vers le plafond. Aujourd'hui, c'est mon tour. »

Dans le troquet, depuis un certain temps déjà, les conversations se sont tues. On nous observe sans un geste, on nous écoute bouche bée. Lorsqu'il s'en rend compte, le Patron se lève, déplie sa silhouette au point d'en paraître intimidant. D'un pas résolu, il marche sur le comptoir devant lequel, instinctivement, les consommateurs se sont serrés les uns contre les autres.

« Mesdames, mesdemoiselles et messieurs, cher public, honorable assistance – articule-t-il en portant une main à son estomac et l'autre à son feutre –, sensibles à l'attention que vous avez bien voulu porter à notre travail, nous allons avoir le plaisir et l'avantage, mes camarades et moi-même, de faire circuler le chapeau parmi vous. »

Il m'arrive de me demander si le régisseur n'aurait pas été soulagé de recevoir ma démission *même si* je n'avais pas aussitôt présenté un remplaçant qui, avec un métier supérieur, se contentait d'un cachet égal au mien. Jusque-là, lui et mes camarades avaient sans doute jugé qu'il eût été moins dommageable de retrancher purement et simplement le rôle de Firs du texte de Tchekhov que de le confier à une panne de mon envergure.

Dans ce caboulot, à l'heure où, avant la route, la mine, l'usine, le chantier ou la fosse à vidange, le prolétaire tire d'un reflet du genièvre l'illusion de son indépendance, Valentine Lambrecht n'a pas proposé que nous allions vivre nus sous les palmiers. Mais ce que sa bouche n'a pas dit, le reste de son corps le crie sur les toits. Et le mien, lui aussi, vibre encore de notre «première fois», tout imaginaire fût-elle. Il n'en faudrait pas beaucoup pour que des marques d'ongles se dessinent sur mes omoplates. Si, la nuit précédente, je n'ai pas fait pour de bon l'amour avec elle, ce chimérique amour, lui, s'applique à me *refaire*. Je veux dire à me remodeler des pieds à la tête. Mon Petit Vieux est le premier à en tirer les conséquences.

«Vous n'allez pas rester là, vous deux? interroge-t-il d'un air contrarié. Une fois le torchon lâché, le destin des personnages ne regarde pas le public. Au théâtre, on ne vous dit jamais s'ils furent heureux et eurent beaucoup d'enfants. C'est pourquoi la magie du théâtre a de quoi vous ficher la frousse.»

Il se coince une énième Chesterfield entre les mandibules. D'un regard panoramique, il prend l'assistance à témoin.

«On n'est pas si loin de la magie vaudoue, où l'on sert de monture à toute une fantasia de démons dont les noms sonnent comme des diamants bruts qu'on secouerait dans une vieille boîte de conserve.»

Il actionne son briquet, relève les yeux, fait mine de découvrir notre présence.

« Quoi ? Vous n'êtes pas encore partis ? »

C'est là qu'il s'offre à reprendre mon rôle. Comme pour une audition, il se voûte, il s'affaisse, il se vieillit de vingt ans, tout cela sans recourir au maquillage, et même sans ôter son chapeau. Je l'entends encore gâtifier comme s'il était Ris-Orangis à lui tout seul : *Ma maîtresse est de retour ! J'ai tenu ! Maintenant, je peux bien mourir*... Il en bavait sur le formica. Le cabaretier, je pense, dut se tenir à quatre pour ne pas sortir la wassingue.

Je m'inquiète à voix haute : son conservatoire de Colombes, il oserait le déserter comme ça, sans crier gare ?

« Le déserter ? Et pourquoi non ? Pourquoi ne ferais-je pas comme tout le monde, s'il vous plaît ? Le déserter ! Hé ! ho ! ce n'est pas moi qui ai commencé ! Disons que je m'accorde un congé sabbatique. Quelques semaines à faire un peu le sabbat sur de vrais tréteaux, je ne vais pas me refuser ça ! »

Les autres étaient trop contents de me voir déguerpir pour élever des objections. Je me suis retrouvé sur le trottoir, mon sac de démobilisé à l'épaule, la guenille qui me servait de manteau sur le bras. Alors la neige s'est mise à tomber.

Jetant un dernier coup d'œil en arrière avant de tourner le coin de la rue où Valentine avait garé sa voiture, j'ai croisé le regard du Patron. Planté devant la porte de l'hôtel, il glissait son feutre sous un pan de son veston, contre son cœur (je parle de l'endroit que l'on désigne au théâtre quand il est question du cœur). Des pétales de neige se posaient avec abandon sur son crâne et sur ses épaules, semblables au duvet qui flotte sur les batailles de polochons, aux pétales de cerisiers en fleurs dans les films japonais.

L'auto est une Morgan décapotable. Étroite et surbaissée, on dirait un peu une voiture à pédales pour progéniture de milliardaire. La ligne, les proportions, le fini de chaque détail, le vert anglais de la carrosserie, le cuir des sièges et le bois du tableau de bord, sans parler de la conduite à droite, tout concourt à en rehausser le chic.

« Connais-tu Bruges, Simon ? me lance Valentine alors que je tâche non sans peine de m'infiltrer dans l'habitacle.

– La Venise du Nord ? Je n'y suis jamais allé, si c'est ce que tu veux dire. Mais, pour être franc, je ne connais pas davantage la plupart des villes où j'ai séjourné.

– Avec de la chance, nous pourrions y être en un peu plus d'une heure. »

Dans ce cas, pourquoi s'efforce-t-elle d'y être *en un peu moins* ? Son union expéditive avec Leverjus a tout de même laissé des traces. Inutile de lui proposer de lever le pied. D'ailleurs, il est peu probable qu'elle m'entendrait, avec le chauffage qui bourdonne sous nos semelles et le vent miaulant dans les superstructures. Si j'étais Mon Petit Vieux, je m'accrocherais à mon chapeau. Faute de quoi, je me recroqueville dans les profondeurs de mon baquet afin d'offrir le moins de surface possible à la collision qui nous guette.

Gand, j'en suis sûr, ne nous a même pas vus passer. J'y aurais pourtant bien fait étape. J'aurais fait étape dans un champ de gazomètres désaffectés si cela avait pu retarder le moment de l'impact. Mais Valentine sifflotait (je le devinais à sa mimique) en fixant l'horizon droit devant elle, comme si elle avait eu le beffroi de Bruges en point de mire depuis que nous avions quitté Bruxelles.

« Soixante minutes tout rond si on ne compte pas l'attente au dernier feu rouge ! s'écrie-t-elle en coupant le contact au pied de ce monument. Un feu rouge de plus d'une minute, c'est de la triche, reconnais-le. »

C'est miracle comme un véhicule ultramoderne parvient à recréer en soixante minutes tout rond les sensations laissées jadis par trois jours et quelques de diligence… Je suis moulu. Valentine pavoise. La neige a cessé de tomber. Réfugiés à distance respectueuse des guipures de pierre, des piques et des flèches, des pignons en gradins, les flocons se sont tassés en un gros paquet d'ouate balançant avec une nonchalance qu'on jurerait étudiée au-dessus de la ville. Ce soir, j'irai vers toi, ma belle, ma joie, mon endormie, puisque, selon notre scénario, j'ai déjà fait le premier pas, le seul qui coûte. La nuit passée, on dirait que nous l'avons passée ensemble. C'est dit : nul ne peut plus nous ôter cela. A présent, de quoi aurais-je peur ? Tout devient si facile, en amour, dès lors qu'il n'y a plus à commencer.

De Bruges il me reste des images aussi précises que si nous n'avions pas dépassé Gand. Je ne me souviens que de Valentine. D'une auberge où nous avons dormi, près d'Ostende. Où nous n'avons pas dormi. Où j'ai vu la mer sans la voir. Où la mer en noir et blanc de décembre ne valait pas plus qu'une toile peinte pour servir de décor à nos amours au conditionnel. Pour de rire, peut-être, mais pas pour du beurre.

La symphonie du silence fut grandiose, dans la toute petite lueur du tout petit matin. On s'est promis de revenir un jour afin de comprendre ce qu'au juste il s'était passé là. A notre réveil, vers midi, Valentine a voulu voir l'autre Venise, la vraie, celle qui n'est ni du Nord, ni du Sud, ni de nulle part, sinon d'un très ancien futur, plus rebelle à la vieillerie que toutes nos chimères avant-gardistes. Nous sommes repartis sur-le-champ. Nous avons contourné Paris par Versailles et Chartres. Nous avons gagné Clermont-Ferrand. Le dimanche, nous avons traversé d'une allure presque timide, éberlués par tant de grandeur, la sauvagerie méconnue de l'Ardèche où le déclin de l'automne ressemble à son sacre. De Roquemaure, je crois, nous sommes passés le lundi matin sur l'autre rive du fleuve, fonçant alors en direction d'Aix-en-Provence, puis de Saint-Raphaël.

Au total, ce périple m'aura coûté moins de cinquante francs. A Bruges, Valentine m'avait fait voir, dans le sac en forme de besace dont elle ne se séparait jamais, à peine moins vaste que celui où ma mère recelait jadis le fruit de nos larcins, une somme en billets de 500 qui me parut considérable. A Aix, elle s'était arrêtée devant une agence bancaire afin d'y prendre une liasse équivalente à celle que nous avions déjà dépensée.

« Tu n'as pas à t'inquiéter, me dit-elle. A peu de chose près, cet argent ne me coûte pas plus cher qu'à toi ! »

Je n'aurais pas détesté jeter un coup d'œil aux endroits où, quand j'étais enfant, Maman rêvait tout haut d'aller finir ses jours : Bormes-les-Mimosas, Ramatuelle, Cogolin, Saint-Aygulf, Anthéor, Miramar, La Napoule, Vallauris, Falicon, Monte-Carlo. Pour moi, ces noms étaient restés ceux de l'apothéose et du bain de minuit. Mais Valentine appuyait sur le champignon, l'œil désormais braqué sur les coupoles, les dômes, les ors fourbus de la Sérénissime.

Par une injustice du sort, nous avons atteint Padoue sans une égratignure. Ce n'est qu'au moment de quitter cette ville, le mardi matin aux aurores, qu'en empruntant un sens interdit en guise de raccourci, la Morgan est allée emboutir de plein fouet un fourgon de carabiniers.

J'ignore ce que Valentine, dont je m'aperçus alors qu'elle parlait italien comme père et mère, a bien pu leur raconter. Toujours est-il qu'au bout d'une bonne heure de palabres, ce sont eux qui, moins touchés que nous, ont pris notre épave en remorque et, cahin-caha, l'ont conduite chez un garagiste. Il a même fallu qu'ils nous paient un verre.

Nous avons abandonné notre véhicule entre les mains de l'homme de l'art et pris l'autobus à temps pour déjeuner dans un *palazzo* abritant un hôtel et un restaurant de prestige, juste en face de la Salute.

Nul endroit au monde ne pouvait mieux convenir à notre escapade. Nous étions à la fois les protagonistes d'une histoire vraie et les interprètes de la pièce qu'on avait tirée de cette histoire – une pièce dont les héros de l'histoire s'inspiraient à leur tour pour imaginer leur vie au jour le jour. Comme nous-mêmes, Venise participait à mesure égale de la réalité et de la fiction. De surcroît, jamais elle n'autorisait quiconque à discerner celle-ci de celle-là. A Venise, ce qui existe le moins, c'est ce qui encombre le plus. Au contraire, ce qui paraît le plus intangible se révèle toujours le moins précaire. Et Venise en hiver, pour ce que j'en ai compris, c'est Venise multipliée par elle-même, c'est-à-dire par sa solitude, par cet orgueil qui n'a besoin de personne mais auquel la terre entière souhaite apporter son tribut.

En fin d'après-midi, emmitouflés dans nos rôles d'amoureux transis, nous soufflons nos petites brumes de chaleur humaine sur la vaste brume opalescente qui, venue de la mer, tâte la ville en aveugle. L'appel des campaniles reste suspendu au-dessus de nos têtes. Le vent joue à imiter un froissement d'ailes dans la calle Vallaressa. Jadis, j'aurais tant aimé nous voir passer de ma fenêtre, Valentine et moi, par un de ces doux cotonneux jeudis qui traînaient en longueur ! Nous nous abritons sous le plafond bas du Harry's Bar sans savoir que nous sommes dans une espèce de sanctuaire. Nous imaginons de nous séduire sans paroles, sans regards. C'est une nouvelle façon de ne pas commencer. Surtout de ne pas finir. Nous resterons là longtemps. Et alors la plus lente, la plus que lente de nos nuits insomniaques…

Car nous ne nous endormons plus : nous basculons d'un coup de l'amour dans l'inconscience. Ce sont les bruits de l'hôtel et la lumière qui finissent par nous tirer du trou noir, peu avant midi. Nous avons notre rond de serviette à la locanda Montin, quelque part entre l'Accademia et les Zattere. Il y a là une treille mélancolique sous laquelle on ne mange pas en décembre, mais qui, toute déplumée soit-elle, veille sur les malles des beaux jours en attendant qu'ils remontent du Sud, chargés de senteurs orientales, pour rendosser leurs vieux habits.

Dès que nous sortons de l'hôtel, Valentine achète au premier kiosque venu *Il Gazzettino*, le quotidien local. A l'apéritif, elle m'en traduit les gros titres et m'en résume les nouvelles les plus marquantes. J'ai appris de sa bouche que son arrière-grand-père paternel s'appelait non pas Lambrecht, mais Lambrusco, comme ce curieux vin rouge pétillant que nous avons goûté un soir au restaurant Al Graspo de Ua, une ancienne forge au pied du Rialto. A la fin du siècle dernier, cet homme de caractère, Valentino (sic) Lambrusco, aurait quitté les environs de Modène pour devenir maçon dans la région de Nice, puis mineur en Lorraine après la guerre de 14. Bien sûr, je ne crois pas un traître mot de cette histoire, mais j'en apprécie la saveur.

« Au fait, ce n'était pas toi qu'on disait amoureux fou de cette pulpeuse Italienne ? » m'interroge-t-elle un midi en me tendant le journal.

Une photo d'Ornella Campieoni s'étale au beau milieu de la page réservée aux arts et spectacles. Une certaine surface de papier est désormais nécessaire pour ne rien perdre de sa foisonnante anatomie.

« Fou, cela ne fait aucun doute. Amoureux, c'est peut-être beaucoup dire. De toute façon, c'est une affaire classée.

– Sais-tu qu'elle tourne depuis hier un film au Lido ? "La bellissima, la provocante, l'affascinante Campieoni !" Tu connais la galanterie vénitienne. Néanmoins, certaines périphrases laissent entendre que notre diva ne prête pas son concours à une œuvre immortelle. Son metteur en scène, si j'interprète bien les sous-entendus de l'article, serait un vieux cheval de retour dont le retour était espéré par fort peu de gens en dehors de lui-même. Pour ce qui est du sujet, si je ne m'abuse, il ressemble fort à une de ces histoires de fesses où l'excès de fesses s'emploie à masquer un grand manque d'histoire. Pourquoi n'irions-nous pas faire un tour là-bas tout à l'heure ? J'aimerais assez compléter ma collection d'autographes. »

L'équipe du film s'est déployée à l'endroit du Lido le plus couru en été, le plus connu en toute saison, le premier vers lequel, d'instinct, nous nous sommes dirigés en débarquant du vaporetto : la plage de l'hôtel des Bains. Une poignée de badauds discrets et disciplinés assistent aux opérations. Le plan inscrit à l'ordre du jour exigerait pourtant, à mon sens, un minimum d'intimité : Vénus, sous les traits d'Ornella, sort de l'onde dans le costume, disons succinct, que lui prête l'imagination populaire.

Grise, terne et baveuse, l'onde en question a toute l'apparence de l'eau de lessive dans une buanderie d'hospice. L'affascinante trempe dans ce potage. Ou plutôt elle s'y plonge, elle en sort, elle y retourne, ce mouvement de va-et-vient n'étant interrompu que par les frictions de la déshabilleuse, les retouches du coiffeur et du maquilleur et par ces éternels réglages de lumières qui ne règlent jamais rien puisqu'il faut les corriger sans relâche.

L'homme qui dirige ce ballet résume en sa personne les plus illustres metteurs en scène du septième art. Entendez : les plus frappantes caricatures de cinéastes auxquelles le cinéma ait donné vie depuis l'épopée du burlesque. Accoutré d'un immense chapeau blanc, d'une écharpe de soie qu'il fait flotter de la main quand le vent tombe, de lunettes à souder et d'un fume-cigarette pour danseuse de charleston, ses poignets de chemise retournés sur un manteau de cuir acajou dont les pans lui balaient les talons, il a de toute évidence les nerfs et le génie à fleur de peau. L'inspiration ne le laisse pas en paix. Les techniciens déménagent le matériel de droite et de gauche à mesure que les idées se bousculent dans sa tête, le cauchemar de cet homme étant qu'il ne puisse déplacer l'Adriatique dont la disposition par rapport au soleil ne lui convient qu'à moitié.

En dépit des soins prodigués par le petit personnel et des éloges dithyrambiques dont le maestro – me souffle

Valentine – accable sa vedette, à chaque nouvelle prise le sourire d'Ornella claque un peu plus des dents, tandis que son épiderme adopte une nuance aubergine un peu plus soutenue, soulignée par les réflecteurs. Du train où vont les choses, si d'aventure le film n'est pas interdit aux moins de dix-huit ans, les élèves des collèges emporteront de la séance la conviction que l'Aphrodite des Romains, déesse de l'amour et de la fécondité, fut une sorte d'otarie somnambule affublée d'un dentier à ressort et d'un O'Cedar détrempé au sommet du crâne.

La Campieoni, cependant, n'émet pas une plainte. Elle est trop hagarde pour cela. On a dû la droguer avant de la jeter à la mer. En tout cas, je l'espère pour elle. Déjà, le moirage de son nez (plus violet que son célèbre regard, j'en ai peur) infiltre les cataplasmes de fards qu'on s'obstine entre chaque bain à lui plaquer sur la figure. La violence de ses frissons rompt le ruban de sparadrap (couleur chair, certes, mais pas de sa chair à elle) au moyen duquel on essaie vaille que vaille de lui maintenir la mâchoire en place.

Là-dessus, un débat d'une incalculable portée esthétique s'élève entre le metteur en scène et le chef éclairagiste, à propos de la couleur du sable. Selon Valentine, tous deux s'accordent à dire qu'il n'a pas l'air dans son assiette, ce sable hivernal, d'autant moins que la scène est censée se passer au mois de juin. Mais l'un est d'avis de le peindre, quand l'autre prétend qu'il suffirait, pour obtenir le même résultat, d'équiper l'objectif du filtre approprié. C'est l'éternel combat du grandiose et de la bricole, opposant le visionnaire au pragmatique. Le représentant de la production entre dans la controverse afin de faire valoir certaines considérations qu'il qualifie lui-même de « tristement budgétaires », ce qui ne l'empêche pas d'être traîné dans la boue par le scénariste, au nom de la préséance de l'art pour l'art sur les combines de basse boutique. Peu à peu, toute la compagnie s'en mêle. Il n'est pas jusqu'aux curieux qui ne finissent par donner leur avis. Exaspéré, le *regista* décoche une ruade à son fauteuil pliant. Le ton monte. La confusion s'installe. Au milieu de cette cacophonie, la star se retrouve bientôt seule dans son coin à contempler le vide.

Sans crier gare, sans lâcher la couverture de cheval qui l'entortille, la voilà qui court de son propre chef piquer une tête dans le baquet de linge sale. Une bonne minute plus tard, la discussion s'étant encore envenimée, pas un membre de l'équipe ne remarque que, si la couverture a été rejetée sur la plage par la marée montante, l'actrice, elle, n'a toujours pas refait surface.

Pour finir, c'est moi qui suis allé la repêcher.

Je serre contre moi un corps qui fut sacré mais qui, voyons les choses en face, n'a plus rien de divin. Dès l'instant où j'ai porté la main à cette chair farineuse, constaté que la vie ne s'en était pas retirée, dès l'instant où elle a cessé de m'être inaccessible, j'ai perdu d'un coup le peu qu'il me restait d'intimité avec Ornella Campieoni. A quoi serviraient les écrans de cinéma s'ils ne faisaient écran entre ce monde-ci et celui des chimères ?

Je tiens Ornella Campieoni dans mes bras. Bercée par ma progression titubante au milieu des vagues qui tentent de me déséquilibrer, elle dort. Je l'ai empêchée de commettre un geste irréparable. J'ai moi-même accompli le seul geste un peu courageux de mon existence (je ne compte pas les gardes nocturnes dans le bled, auxquelles le sergent Mergevauld ne m'avait pas laissé le loisir de couper, en dépit de la notoire aversion qu'elles m'inspiraient). Et la vérité est que je m'en fiche. Éperdument – comme on dit sans bien savoir ce qu'on dit. J'ai une mèche de cheveux collée sur le nez, de l'eau salée plein les yeux, plein les poches, plein les chaussures ; j'ai du sable entre les dents, un arrière-goût de méduse au fond la gorge, une envie de vomir qui me remonte des entrailles. Qu'on me délivre de mon fardeau, qu'on me passe une serviette éponge, l'adresse d'un bon teinturier, et qu'on me laisse partir avec Valentine…

Tournée vers le dégoulinant spectacle que nous offrons, la star et moi, l'assistance s'est pétrifiée. Des gens nous observent à la jumelle de la terrasse de l'hôtel des Bains. Le réalisateur s'est accroché aux bords de son chapeau comme pour maintenir le couvercle sur la marmite où, d'évidence, le génie s'est remis à bouillonner.

« *Ecco !* gémit-il à pleins poumons. *Ecco precisamente ciò che voglio !*

– C'est exactement ce qu'il souhaite », traduit Valentine.

Elle est allée nous attendre, ma pêche miraculeuse et moi, à quelque distance de l'endroit où viennent mourir les vagues. Afin, je suppose, de ne pas exposer à l'eau de mer le cuir onctueux des bottines achetées la veille chez Pollini.

« Ce Pantalone souhaitait que deux personnes coup sur coup n'échappent que de justesse à la noyade ? » dis-je.

Le grand artiste a couru jusqu'à nous. Il entend parler français. C'est dans cette langue qu'il me présente sa requête. Il me serait fort obligé, ses collaborateurs avec lui, le cinéma italien et l'art moderne en général, de bien vouloir sauver à nouveau la « soublissime » mais, cette fois, « *davanti alla macchina*, mon ami, par plaisir ».

Angélique, Valentine pousse à la roue :

« Monsieur Corporal est comédien. Un acteur de première classe. Il pourrait sentir le poisson en sortant d'un océan de carton-pâte.

– *Attore, no ?* »

Il s'en doutait. Il m'a repéré tout de suite. Mon nom figurera au générique. Participation spéciale. Le début d'une carrière internationale. Ornella tousse, expectore deux ou trois verres d'eau sale, entrouvre les paupières sur un regard vitreux.

« Tu n'as pas soif, vieux ? » me demande-t-elle.

Sa voix n'est pas rauque, elle est éraillée. Elle a vieilli plus mal encore que sa bouche, tirée par deux plis amers. Le réalisateur lui a tenu un long discours. Elle s'est blottie contre moi. Je ne sentais ni le froid de ma chemise plaquée sur mon dos par la brise de mer, ni la chaleur de son corps sur ma poitrine. Je n'avais pas le cœur de la reposer à terre. Nous avons rejoué la scène. Deux ou trois fois, je pense. Sans échanger une parole. Si j'avais la gorge serrée, ce n'était pas pour m'être étouffé avec l'Adriatique qui, à chaque prise, se ruait dans mes narines. La sortie de bain montrait la trame. On m'a dit que je pouvais la garder, *grazie mille*. Le représentant de la production m'a remis en outre, en regardant ailleurs, cinq billets de dix mille lires comptés avec le gras du pouce et tirés d'une liasse de maquignon. J'ai repassé ma veste, mon manteau, mon foulard, tandis que Valentine, cassée en deux, les bras tendus le plus loin possible en avant de manière à ne pas s'arroser, essorait ma chemise roulée en torsade. Seize heures vingt. La nuit tombait déjà. On s'éloignait dans un champ de cendres, bras dessus bras dessous. Au moment d'emprunter la proustienne avenue Santa Maria Elisabetta, je n'ai pu m'empêcher de jeter un coup d'œil en arrière : Ornella Campieoni avait disparu.

Il est de tradition à Venise, quand on vient, soit d'assister au spectacle de la Fenice, soit de s'y produire, d'aller prendre un verre au bar du restaurant Al Teatro. Il se trouve à deux pas de l'opéra-phénix et l'on a même la possibilité d'y souper. J'étais arrivé dans notre chambre avec l'impression qu'une pellicule de glace me tenait lieu de cuissardes. Après m'avoir abruti de grogs « améliorés » tandis que je marinais dans une baignoire fumante, Valentine m'avait étrillé, bouchonné, bichonné de son mieux. Puis elle s'était efforcée de faire parvenir à mon cerveau l'idée que, venant de tenir mon premier rôle au cinéma, je ne pouvais manquer de fêter l'événement à une table où se retrouvaient la plupart des célébrités de passage. Comme je ne possédais qu'une paire de jeans en dehors du pantalon de flanelle si copieusement baptisé au Lido, elle tenait à m'offrir un vêtement plus digne d'un établissement où se donnaient rendez-vous tant d'élégances. En moins d'une heure, car les boutiques de la Merceria étaient sur le point de fermer, la quasi-totalité de ma garde-robe avait été renouvelée. L'air frais avait dissipé une partie du brouillard qui flottait dans ma tête, mais j'évitais de songer à ce qui s'était passé sur la plage. Valentine est de ces femmes dont on dit, sur les plateaux de cinéma, qu'elles «prennent bien la lumière». Dans le cadre d'Al Teatro, sa beauté irradie. Elle a parsemé ses épaules nues d'une poudre satinée et porte les plus raffinés de ses bijoux sur, comment exprimer cela?... sur la chasteté provocante de sa toilette. Tandis que nous consultons la carte, j'élève une prière muette pour n'avoir jamais à la tirer, elle, de quatre-vingts centimètres de plancton dissous dans les hydrocarbures et agrémenté de quelques vieux pansements.

Elle pose sa main sur la mienne et se penche vers moi.

«As-tu remarqué de quelle façon tous ces gens nous regardent? me chuchote-t-elle. Ils espèrent que nous allons faire l'amour sur la table, je te parie tout ce que tu veux! Ils brûlent de tenir la chandelle et, pour être franche, je trouve assez désolant de leur refuser cette modeste satisfaction. Pas toi?»

Au dessert, un groupe de fêtards fait irruption dans la salle où l'on nous a installés, celle dont les murs sont ornés d'une frise de photographies dédicacées par les vedettes de la Fenice. L'équipe du film vient d'investir le restaurant, emmenée par le réalisateur en tuxedo, casquette de gavroche rabattue sur les yeux et manteau en fourrure de loup jeté en travers des épaules. Hilares, enlacés par la taille, scénariste et producteur délégué s'empêchent l'un l'autre de perdre l'équilibre. Le maquilleur semble avoir dilapidé son fonds de commerce à son propre avantage (avantage, c'est une façon de parler). L'éclairagiste aurait grand besoin d'être éclairé sur l'endroit où il se trouve, car il n'est plus en état de distinguer sa gauche de sa droite, ni le haut du bas, ni le devant du derrière. Dans l'œil du cyclone, enfin, émergeant de l'écume rugissante qui lui fait écrin, Ornella Campieoni parée de crêpe anglais, surmontée d'un chignon ciselé mèche par mèche dans l'or pur, avance, ou plutôt effleure le sol telle la reine de Saba des pétales de roses, en distribuant alentour des sourires altiers.

Je reconnais ce costume, cette démarche, cette expression. Ce sont ceux de la comtesse Basso. Ils viennent tout droit du film de Gianfranco Terrazzoni qui a lancé Ornella, *Ce que durent les roses,* le premier que j'aie vu d'elle avec Maman, la veille de mon départ pour Colombes. Si je fus infidèle à Audrey Hepburn, ce fut à cause de cette séquence où Graziella Basso faisait son entrée dans une salle de bal parmi une meute de courtisans. La scène avait été tournée à la Ca'Rezzonico, l'un des plus imposants palais de Venise, aujourd'hui transformé en musée.

L'Ornella de cet après-midi n'avait plus d'âge. Celle de ce soir n'en a pas non plus. Pourtant, on ne saurait imaginer deux femmes plus dissemblables. On irait au bout du monde à cause d'elles – mais pas dans la même direction ! La première avait laissé le temps l'emporter loin d'elle-même ; la seconde s'est embaumée dans un moment d'éternité. L'une ne ressemblait plus à Ornella. Ornella ne ressemblera plus à l'autre – ce qui ne l'empêche pas, là devant nous, de chercher à se faire prendre pour elle.

« Tu vois, me souffle Valentine qui lit dans mes pensées, Vénus est bel et bien sortie de l'onde. On ne fait jamais assez confiance à ses illusions. »

C'est vrai. Disons qu'Ornella n'est pas devenue mortelle sous mes yeux. Disons que je ne l'ai pas reniée dans son dos. Nous sommes quittes. D'ailleurs, son regard vient de glisser sur nos visages sans l'ombre d'un battement de cils.

Elle ne peut pas nous reconnaître, elle ne peut même pas nous voir : nous n'étions pas à la Ca'Rezzonico le jour où elle y fit *à jamais*, devant les caméras hypnotisées, cette apparition dont, en bonne justice, la Liz Taylor de *Cléopâtre* aurait dû se montrer jalouse.

Tandis que ses camarades continuent leur bastringue autour d'une grande table ronde qu'on vient de dresser pour eux, elle continue de sourire au-dessus de la mêlée, plus énigmatique qu'une divinité birmane assise en tailleur dans un bosquet de lataniers. C'est le souvenir que j'emporterai d'elle. Le souvenir d'une céleste absence planant sur une parodie de chaos. Sous la table, je manœuvre pour unir ma jambe à celle de Valentine.

Personne n'a frappé les trois coups, mais les lumières s'éteignent, y compris dans la rue. Tout le quartier, semble-t-il, vient d'être plongé dans le noir par une panne d'électricité. Quelques dizaines de secondes d'un silence interdit, puis les serveurs, comme s'ils n'avaient attendu que ce signal pour accomplir des gestes longuement répétés, s'avancent en procession, porteurs de bougies allumées qu'ils déposent une à une sur les tables. Leur ballet a été réglé avec soin : malgré la modernité des costumes, il ramène Venise aux siècles de sa splendeur.

Valentine murmure à mon oreille : « Voici déjà la chandelle, qu'est-ce que je te disais ? » La lumière plus chiche mais plus intime de la flamme remodèle avec un amour de peintre flamand son visage, son cou, ses épaules. Encadrée par le miroitement sourd de ses parures, elle n'en paraît que plus irréelle, et donc plus irrésistible à mes yeux. Faire l'amour au milieu des couverts, j'ai le sentiment que j'en serais capable. J'y parviendrais en tout cas si nous étions au théâtre et si les autres convives avaient payé leur place pour nous contempler. Cette scène, je la sens bien. Aussi bien, sinon davantage, que la mort de Firs, la petite baise furtive et mélancolique de Firs avec le néant.

« Monsieur Corporal, susurre Valentine, je ne vous imaginais pas de telles audaces. Je n'aurais jamais osé ! »

Elle rit derrière sa serviette. Mais le courant est rétabli. Nos assiettes arrivent. Tout ce qu'on nous sert enchante, en particulier les *caparassoli alla veneziana*, mais nous pressons le mouvement pour quitter la table. « La nuit est encore jeune », comme dit je ne sais plus quelle chanson américaine. Il y a des soirs, fort peu nombreux dans l'existence, où aucune nuit ne peut être plus jeune que vous. Le temps passe cependant. Plus tard, ayant suivi au petit bonheur l'une des multiples failles d'ombre qui fissurent le décor du campo San Fantin, parvis de la mythique Fenice, ayant tourné à gauche ou à droite selon l'inspiration du moment, nous éprouvons un mal de chien à nous extirper de ce dédale de venelles où il paraît aussi incongru de croiser quelqu'un qu'il semble inquiétant de ne rencontrer personne. Jusqu'à ce qu'en levant le nez à un croisement, nous déchiffrions l'inscription « calle Vallaressa ».

« Note cette déclaration solennelle, me dit Valentine. Marcher dans Venise, c'est comme interpréter le rôle de ta vie : impossible que tu t'y égares, mais tu ne manqueras pas de t'y perdre. »

Elle ajoute, mi-figue mi-raisin :

« Avais-tu remarqué qu'"interpréter le rôle de sa vie" est une expression à double entente ? »

Nous ne sommes pas allés au Harry's Bar ce soir-là. A peine franchi le seuil de la chambre, nous nous sommes jetés l'un sur l'autre, parce que le scénario le voulait ainsi et parce qu'il est des occasions où l'existence ne vous laisse pas le choix. Faire assaut d'indécence est la vraie politesse des amants. Je dois même confesser qu'avec l'espoir de matérialiser notre fantasme d'Al Teatro, nous avons tenté, au deuxième acte, d'opérer sur un guéridon vénitien qui, à défaut de bien se prêter à nos projets, semblait robuste. Mais n'a pas tenu toutes ses promesses. Le lendemain, il a fallu fournir, pour expliquer les dégâts, des explications tirées par les cheveux. Comme une bosse de belle grosseur décorait le sommet de mon occiput après la rencontre de ce dernier avec un montant du lit, les gens de la réception durent en conclure que Valentine m'avait fracassé ce meuble d'époque sur le crâne, transformant, par la rareté de l'objet, une pratique, qu'on dit fréquente dans les couples, en sport d'élite réservé à la clientèle des palaces. Naturellement, nous avons proposé de prendre les réparations à notre charge : ce fut tout juste si le portier, avec un début de révérence et un sourire exquis, ne nous invita pas à démolir au gré de nos besoins ce qui tenait encore debout dans la pièce. J'ai failli observer que ce qui tenait le moins debout dans la pièce, c'étaient ses occupants, saisis d'une violente allergie à la station verticale. Et qu'ils auraient volontiers fait le pèlerinage de Lourdes si cet acte de foi leur avait garanti de ne pas en guérir jusqu'à la fin de leurs jours.

Nous avons visité la Ca'Rezzonico. Les touristes y sont rares, et nombreux les recoins où l'on peut sacrifier aux prémices de la débauche. Nous nous sommes rendus à la Scuola Grande di San Rocco, immense chambre froide où sont pendus au plafond les saints et les anges du Tintoret, et nous avons utilisé les lourds miroirs destinés à les contempler sans se démancher le cou pour nous envoyer du soleil dans l'œil. Nous avons escaladé tous les campaniles dont on ne nous refusait pas l'entrée. Nous avons connu l'accablement du Mulino Stucky, les murs rouillés d'ennui de Murano, la paix lacustre de Torcello, les maisons de poupée de Burano. Valentine me donnait des leçons d'italien. J'étais doué, paraît-il. Un midi, à la locanda Montin, j'ai moi-même passé commande, exploit dont j'aurais tiré plus de gloire si le garçon, qui d'ailleurs parlait français à la perfection, ne s'était saisi de la perche que je lui tendais pour me faire dégringoler de mon piédestal en m'aspergeant d'un discours torrentiel auquel je ne compris goutte. Valentine riait aux éclats, et c'était bien assez d'orgueil pour un type comme moi, assez de bonheur et d'orgueil. Le canal de la Giudecca, je m'en souviens, ressemblait à un fleuve des anciens voyages.

Au bout d'une semaine, nous sommes allés récupérer la Morgan à Padoue, d'où nous avons filé sur Florence à la vitesse du vent. Valentine voulait que je voie les Fra Angelico du couvent San Marco ; ils font battre le cœur, même quand le cœur n'en a pas vraiment besoin. Et puis Sienne. Pérouse sous un ciel de porcelaine. Et Rome. Les places de Rome et les fettucine d'Alfredo. D'autres nuits blanches de toutes les couleurs. La remontée vers Gênes en suivant la Riviera. Valentine me disait, à la manière des enfants du jeudi, des enfants de mon enfance : « On dirait qu'on serait… »

« On dirait qu'on serait des amants en fuite…

« On dirait qu'on serait une riche veuve et un beau rastaquouère qui l'aurait enlevée…

« On dirait qu'on serait Bonnie and Clyde…

« On dirait qu'on serait des étrangers qui se seraient trompés de chambre…

« On dirait qu'on serait des inspecteurs du guide Michelin chargés d'éprouver la solidité du matériel…

« On dirait qu'on serait Mata Hari et…

– L'état-major ? »

Je me répétais : « Maurice (depuis que nous étions ensemble, elle ne m'appelait plus que Simon), Maurice Truchot, tu es amoureux, grand couillon, mais laisse-moi faire, par pitié ! Tu sais bien que, toi, tu n'auras jamais de chance avec les femmes. »

Il y aura eu encore, oh, bien des chozeuzensomme…

Il y aura eu des rires, une palanquée de mots vides de sens, trop pleins de sens, des chansons à tue-tête, des chansons d'autrefois, baisers volés, cheveux au vent, gai rossignol, merle moqueur…

Il y aura eu des échos, des silences. Il y aura eu, oui, des silences que j'écoute encore ; ils espèrent une réponse mais je ne sais que leur dire…

Il y aura eu des fumées sans feu. Des jardins éperdus. Des bougainvillées. Des bleus éteints, des grenats fatigués. Des ocres flétris que, l'espace d'un instant, le soleil du soir éclabousse, giclant sur les murs en liqueur d'abeilles…

Il y aura eu ces palmes dont l'Orient a porté les graines indolentes le plus loin qu'il a pu. En hiver, elles éventent la brume de ce geste lascif appris dans le secret des hammams. Ou bien elles se hérissent et se froissent, formant un bouchon d'herbes qui s'épuise en vain à effacer l'orage…

Il y aura eu, dans tel faubourg, parmi les vestiges des décombres de la guerre, la réincarnation du Grand

Zampano, échappé d'un cirque en faillite un haltère à la main, fauve poitrinaire tournant à l'intérieur d'un cercle de gogos goguenards qui néanmoins baissaient le regard devant lui…

Il y aura eu ce baigneur solitaire en bonnet de caoutchouc rouge – un bouchon de pêcheur à la ligne ballotté par les vagues, telle une cerise de mer, du côté de Rapallo – qui nous faisait signe de le rejoindre et se gaussait, je crois, de nos hésitations…

Il y aura eu des commencements éphémères, des soirs et des matins, des projets d'une seconde, des résolutions avortées, des miracles remis à Pâques, à Pâques ou à la Trinité…

Il y aura eu la pluie arc-en-ciel des Saintes-Maries-de-la-Mer…

Il y aura eu le vin sans soif et les roses sans anniversaire…

Il y aura eu un baiser de Valentine, un papillon sur mon épaule, quand elle me croyait endormi, et la peur de dormir…

Il y aura eu, je ne sais plus… il y aura eu le souvenir de choses qui n'avaient pas encore cessé d'être, la nostalgie de ce qu'on n'a pas encore perdu, le deuil anticipé de ce qui croît et prospère, tout ça – le plus misérable et le plus précieux de l'amour.

Pliés en accordéon dans notre bolide, nous aurons baguenaudé, toujours et encore, valdinguant d'un côté à l'autre de l'Hexagone, boule de billard que se renvoient les bandes. Le 24 décembre, nous nous sommes réveillés dans une auberge d'Orschwiller, surchauffée et surencaustiquée, au pied du Haut-Kœnigsbourg. Ne me demandez pas ce que nous fichions là, ni surtout comment nous y étions arrivés. Pour ce que j'en sais, nous aurions aussi bien pu découvrir, en repoussant nos volets, les docks de Recife, le mur des Lamentations, la cohue de Chandernagor ou un congrès de pingouins processionnaires. Mais ce furent les mâchicoulis du donjon des Hohenzollern, d'où pendaient en guise d'oriflammes des lambeaux de brouillard.

Avec le zoo de Mulhouse, l'étang du Malsaucy, l'Epomandorum de Mandeure, les champs de jonquilles du Thillot et les environs mal famés de la Lunette 18, le Haut-Kœnigsbourg faisait partie du petit nombre d'endroits que j'avais visités dans mon enfance. Je devais avoir sept ou huit ans quand il avait pris fantaisie à ma mère d'aller contempler en car cet édifice moyenâgeux. Entre nous, elle se fichait pas mal des casques à pointe et de la collection de masses d'arme qu'on avait entassés dans cette bâtisse où le Kaiser Guillaume venait jadis bercer sa mélancolie au milieu des nuages. Tout ce qu'elle voyait, c'était qu'Erich von Stroheim et sa mentonnière, Jean Gabin et Pierre Fresnay avaient tourné là, sous la direction de Jean Renoir, des séquences capitales de *La Grande Illusion*. Elle cultivait l'espoir, j'en donnerais ma tête à couper, que parapets et créneaux avaient jalousement conservé quelque trace du passage de ces monstres sacrés, à tout le moins un je-ne-sais-quoi dans l'atmosphère, une électricité, un bourdonnement, une odeur.

Quoi qu'il en fût, son pèlerinage avait été largement gâché par ma faute. En ce temps-là, l'intérieur des cars dégageait une puanteur qui n'était semblable à aucune autre : une quintessence de métal rouillé, de bois en instance de putréfaction, de crasse fermentée dans la nicotine, de mauvais cuir barbouillé d'émanations corporelles et de graisses de casse-croûte, à la distillation de laquelle contribuaient encore fumées de gazole et vapeurs d'huile de vidange. Je n'avais pas plus tôt posé la moitié d'une semelle sur le marchepied de l'engin que je commençais à vomir tripes et boyaux. (Après quoi, un carré de satin vert épinglé sous ma chemise pour conjurer les esprits de la nausée qui devaient souffrir de daltonisme, je remplissais avec méthode les cornets d'épicerie dont Maman avait pris soin de s'équiper.)

J'ai raconté cette mésaventure à Valentine. Je lui ai raconté ma mère, plus longuement peut-être que je n'aurais dû – ma mère et sa passion du cinéma, des héros de cinéma et des comédiens qui les incarnaient. J'ai raconté les jeudis après-midi que je passais le front contre la vitre, tandis qu'elle pédalait sur sa machine à coudre en ronchonnant : « Mais profite donc un peu, mon pauvre Momo ! Tu ne vas pas déjà faire le vieux garçon à ton âge ! » J'ai raconté nos glorieux dimanches : le poulet rôti et la tarte aux quetsches, le trolleybus, le Vox, le Rex, l'A.B.C., le Kursaal ou l'Eldorado, les papiers de caramels, les photos d'acteurs décrochées en catastrophe à la fin de l'entracte et fourrées dans la vaste besace qu'elle avait fabriquée à cet effet. Et tout cela, dis-je pour conclure, s'était déroulé à même pas deux heures de voiture de l'endroit où nous nous trouvions…

J'avais parlé sans réfléchir. Des feux de Bengale se sont allumés au fond des yeux de Valentine.

« Quatre-vingt-dix minutes à compter du démarrage ! s'est-elle écriée. Tu tiens le pari ?

– On ne va pas se rendre là-bas !

– Non ?

– Pour quoi faire ? On n'est même pas allés à Strasbourg où il y a tant de choses à voir…

– "Y'a tant de choses, tant de choses, tant de choses à voir", fredonne-t-elle d'un air narquois. Il y a tant de choses à voir partout, monsieur Corporal, et tant de choses qu'on ne voit pas là où l'on se trouve… Écoute. Je serais Valentine Lambrusca, la jeune première. On dirait qu'on viendrait de jouer *La Cerisaie* ensemble. On dirait qu'on serait fiancés et que tu irais me présenter à ta mère. Après ce que tu m'as dit, je veux absolument la voir ! »

Elle sautillait sur place en battant des mains.

« Je veux la voir ! Je veux la voir ! faisait-elle d'une voix surexcitée. Et la machine à coudre ! Et les fameuses photos ! Je suis sûre qu'elle les a gardées… Ne perdons pas de temps. C'est Noël, Simon ! Nous arriverons les bras chargés de cadeaux ! Petits fours et marrons glacés ! Un sapin ! Du foie gras, du sauternes ! Une dinde énorme ! Ça ne cuit pas en cinq minutes, ces bêtes-là : nous perdons du temps ! Allez hop ! Nous réveillonnerons tous ensemble après la messe de minuit !

– Maman ne va pas à la messe.

– Où as-tu vu que la messe de minuit était une messe ? Comment s'appelle-t-elle, ta mère, au fait ?

– Marie-Thérèse. »

Quatre-vingt-huit minutes après notre départ, montre en main, nous franchissions la porte de Brisach et dévalions la pente du cimetière des Mobiles. J'ai guidé Valentine jusqu'au faubourg de France. Non sans peine, d'ailleurs, car à tous les coins de rue me narguaient des plaques de sens interdits qui ne s'y trouvaient pas lors de mon précédent séjour. Nous avons acheté une tonne de victuailles. En cette veille de Noël qui, par-dessus le marché, tombait un samedi, les magasins étaient pris d'assaut. Pour la première fois de mon existence, j'ai remarqué que les habitants de ma ville natale avaient un accent prononcé dont je ne percevais presque plus la trace dans mon propre discours.

Chez Journot, Valentine a fait l'acquisition d'un téléviseur équipé d'une antenne volante, de manière que Maman pût en jouir sans délai. Onze heures sonnaient à Brasse et au clocher de Saint-Joseph. Le petit déjeuner auquel, dans notre précipitation, nous avions renoncé à Orschwiller, nous l'avons pris au café des Vosges, en silence, parmi les turfistes et les lecteurs du *Hérisson*. Par terre, il n'y avait plus une once de sciure de bois ; d'ailleurs, un carrelage remplaçait le parquet noirâtre, un peu spongieux, qui, lorsqu'on l'éraflait, laissait voir une tendre pulpe jaune paille. Je n'en ai rien dit à Valentine qui feuilletait *L'Est républicain* d'une main distraite, mais, derrière le comptoir dépouillé de son revêtement métallique, qu'une plaque de stratifié remplaçait, la réclame de la bière du Pêcheur, avec le petit Alsacien en toque de fourrure et gilet rouge qui porte à ses lèvres un bock en bois, avait disparu.

Il ne faut pas tenter le diable : je n'ai pas dit à ma mère que nous étions fiancés. Si je voulais avoir une petite chance que cela devînt la vérité, il valait mieux ne pas forcer le destin. Tout à coup, il me paraissait grand temps d'abandonner conditionnel et futur antérieur au profit du présent de l'indicatif.

J'espérais que Valentine allait prendre l'initiative, mais elle n'a rien dit non plus. Il est vrai que nous aurions eu du mal à en placer une. Caquetant à perdre haleine, Maman faisait la toupie à travers l'appartement, courait du vestibule à la salle de séjour où je cherchais le meilleur endroit pour la télé, de la salle de séjour au garde-manger qu'elle bourrait de provisions, de la cuisine à la chambre à coucher qui, fenêtre ouverte nuit et jour, hiver comme été, servait aussi de chambre froide et, le cas échéant, de vestiaire pour les visiteurs.

A part son occupante, mais je préfère ne rien en dire, qu'est-ce qui avait changé dans ce logement depuis mon retour de l'armée ? Pas le lino sang de bœuf du couloir, en tout cas. Pas la Singer. Pas les meubles. Pas le papier peint. Alors quoi ?... L'odeur. Je reconnaissais l'odeur, indéfinissable, qu'il avait toujours eu, mais elle me semblait plus forte, plus épaisse, plus concentrée qu'autrefois. Et je n'osais supposer que, là encore, c'était moi, moi seul qui n'étais plus le même.

Autre chose encore avait changé. Le mur de la fenêtre des anciens jeudis, que décorait dans mon souvenir un crucifix de plâtre égayé par une branche de buis, était désormais tapissé de photos d'acteurs. Du côté gauche, Audrey Hepburn occupait le centre du panneau. A droite, lui faisant pendant, juste au-dessus de la machine à coudre : Simon Corporal.

Je suis sûr que mon geste a été furtif, mais Valentine est quand même entrée au moment où, des deux médius, je me lustrais les paupières.

« Ne t'en fais pas, ai-je dit sans doute un peu trop vite. Tout va bien. C'est formidable, non ? »

Elle avait déjà quitté la pièce. Je l'ai entendue qui, du vestibule, demandait à la cantonade :

« Quel est le meilleur restaurant du coin ? »

Du temps où nous vivions ensemble, maman et moi, nous n'étions allés au restaurant qu'une seule fois, le dimanche de ma communion solennelle. Au Saut de la Truite, dans la montée du Ballon d'Alsace. Cependant, j'avais entendu parler des grenouilles à la crème qu'une Mme Jund préparait comme personne à l'auberge de Phaffans. Chaque semaine depuis des années, des Suisses franchissaient la frontière rien que pour elles. Cette caution helvète parut faire impression sur Valentine.

« Je vous invite à Phaffans », déclara-t-elle d'un ton sans réplique.

Les deux femmes sont parties en voiture. Valentine faisait la grenouille, *koâ*, *koâ*. Ma mère riait comme une folle, son chapeau de travers. Moi, eh bien, j'ai pris l'autobus derrière le marché couvert, empruntant le passage en plein vent qui sert à la fois d'urinoir aux passants et de dépotoir pour les poissonniers. Je serais peut-être parvenu à me recroqueviller à l'arrière de la Morgan, mais Valentine m'en avait dissuadé sous un prétexte vaseux. J'ai compris qu'elle souhaitait être seule quelques instants avec « madame Corporal ». Laquelle, d'évidence, jubilait de se faire appeler ainsi, quand j'aurais tant aimé qu'elle fût Marie-Thérèse Truchot et moi, son fils, le petit Maurice Truchot enfin devenu grand.

Dans le véhicule de la STABE, il n'y avait, à part moi, que le chauffeur et un gamin livide costumé en louveteau. C'est lui qui a vomi. Sur la banquette. L'homme en blouse grise l'a traité de vandale endurci, d'infection ambulante, de gibier de serpillière, jurant qu'à la prochaine incartade son portrait serait placardé dans toutes les autogares, exposé à la vindicte des gens de bien. Le malheureux a retenu ses larmes à défaut de ce que contenait encore son estomac. Seulement, cette fois, il s'est soulagé dans son sac à dos afin de sauver l'honneur, s'il en était encore temps.

Qu'ont-elles bien pu se confier, Valentine et sa passagère ? Quand j'ai fait mon entrée dans l'auberge, Maman riait aux larmes. Je me suis glissé à côté d'elle avec le plus de discrétion possible. Je commençais de me demander si je n'étais pas de trop.

Derrière son bar, un mégot éteint au coin des lèvres, le patron promenait sur la salle presque vide le regard qu'on voit à ces bassets tricolores et ventripotents dont les yeux sont tirés vers le bas par le poids de leurs oreilles. De sa part, on nous servit en guise d'apéritif du gewurz glacé dans des verres à pied vert frappés aux armes du viticulteur. Nous les levâmes à sa santé sans parvenir à lui décrocher un mot, moins encore un sourire.

Moi-même, je n'ai pas dit grand-chose durant tout le repas, qui fut majestueusement plébéien : grenouilles, civet de marcassin, munster fermier, « colonels » pour dessert. Valentine s'était saisi du crachoir et n'entendait pas le céder. Elle racontait notre tournée. Je veux dire qu'elle racontait Mulhouse, Vienne, Bruxelles, Bruges, Ostende, l'Ardèche, le Midi, Padoue, Venise, Florence, Sienne, Pérouse, Rome, la Riviera, Gênes et toute notre vadrouille jusqu'à Obernai, comme si ç'avait été l'itinéraire d'une troupe prestigieuse dont nous aurions été les plus beaux fleurons.

Lorsqu'elle évoquait la pièce avec laquelle, s'il fallait l'en croire, nous avions partout déchaîné l'enthousiasme, elle prêtait aux personnages des gestes, des sentiments, des paroles qui avaient été les nôtres. En revanche, lorsqu'il s'agissait de ce que nous avions dit et fait hors de scène, elle pillait sans vergogne les dialogues et les situations de *La Cerisaie* et d'autres œuvres dont elle avait dû s'assurer, pendant leur tête-à-tête en auto, que ma mère ne les connaissait pas.

A la scène comme à la ville, j'étais l'immuable héros de l'histoire. Chouchou du public, boute-en-train de la compagnie, camarade toujours disponible et de bon conseil, sauveur du spectacle dans les circonstances difficiles, chevalier servant comme on n'en fait plus, j'en passe. On dirait que Simon Corporal serait la huitième merveille du monde...

Et Maman, en extase : « Mais tu ne m'avais pas raconté ça ! »

Je doute que, dans la « belle lettre » bourrée de mensonges qu'il lui avait adressée après la leçon particulière dont j'avais bénéficié chez Babette, Mon Petit Vieux ait réussi, en se battant les flancs, à lui donner de moi une image à moitié moins flatteuse que ce portrait en majesté. J'ignore comment Valentine s'y prenait, mais elle réussissait à conférer à ces fables le cachet de l'authenticité. A aucun autre moment de sa vie, je pense, ma mère n'a dû se sentir plus fière de son fils. Il lui aurait suffi, pour revenir sur terre, de se rappeler que, depuis des mois, le seul écho qui lui fût parvenu de mon irrésistible montée au pinacle avait été un articulet de *Sud-Ouest* où, à la dernière ligne du dernier paragraphe, j'étais cité par l'humoriste de service, fatigué sans doute d'avoir veillé tard, comme « un Firs nullement indigne ». Mais le bagout de Valentine anesthésiait son jugement, paralysait sa mémoire. Pour un peu, j'aurais même fini par m'y laisser prendre.

A l'instant même où je songeais que la ridicule minceur de mon press-book contredisait son témoignage, elle tira de son sac une coupure de journal. Elle la déplia et l'étala sur la table après avoir pris soin de retrousser un coin de la nappe en papier maculée par la sauce à la crème. Une photographie y prenait presque toute la place. Elle me représentait, encore maquillé, dans mon costume de scène. Le flash semblait m'avoir hypnotisé ainsi qu'un lapin de garenne pris dans les phares d'une automobile (en couleur, j'aurais eu les yeux pourpres). Au-dessus de cette image, le texte se limitait à quelques lignes d'informations factuelles. Au-dessous, on pouvait lire *Simon Corporal hier soir au théâtre de Mulhouse : un Firs poignant (cliché J. Eichinger)*. Je me suis souvenu du reporter aux paupières froissées et à l'imper mastic croisé ce soir-là derrière le décor.

« Je l'ai conservée à votre intention, a déclaré Valentine.

– Non ? C'est trop gentil ! Je vais la faire encadrer. »

J'en étais sûr. Je me suis tassé davantage sur mon siège.

« Allez ! Champagne pour tout le monde ! » s'est écriée Valentine.

Seize heures avaient sonné. Nous restions les seuls clients de l'auberge. Je portai une coupe pleine à ras bord à la serveuse en sentinelle au milieu de l'allée, et une autre au patron avachi sur son zinc. Tous ensemble, nous avons porté un toast aux grenouilles. Aux fiers sangliers des forêts vosgiennes et à leurs assassins. Au reporter-photographe J. Eichinger. A maître Tchekhov et son valet Firs. Aux jours de retrouvailles. Aux vins qui font des bulles.

Aux Noëls blancs, même s'ils ne le sont que dans la tête. A nous-mêmes.

« A nous, ma poule ! »

C'était Maman. A l'intention de l'univers entier, de la vie comme elle va. Maman qui, toutes les trois minutes, désormais, allait me souffler à l'oreille, en me poussant du coude : « Quelle journée, hein ? »

Valentine a laissé sur la table un pourboire dont les annales de Phaffans ont dû conserver le souvenir. On s'est tassé comme on a pu dans la Morgan. J'ai proposé de rentrer par la route de l'Arsot.

Alors, ce 24 décembre 1967, Simon Corporal est bel et bien redevenu Maurice Truchot. J'ai retrouvé, en les décrivant à mes compagnes, les sensations du petit Momo de juillet qui pédalait sous le soleil comme un grand. Comme un vrai facteur des quartiers périphériques, sa cravate en bataille, sa casquette d'uniforme repoussée sur la nuque. Du Momo qui avait ses entrées partout dans la cité, dans les lotissements à flanc de coteau, dans les cabanes à outils des jardins ouvriers, et qui jamais n'avait refusé le « premier-aujourd'hui-de-cette-main-là ».

Noël est une fête du dedans, une cérémonie calfeutrée. Quand nous avons atteint les hauts du Valdoie, la nuit venait à peine de tomber, mais il n'y avait déjà plus une âme dans les rues. Clairs et décantés, comme rincés à l'eau froide, tous les bruits du quartier semblaient s'être réfugiés loin en arrière des maisons, sur les rives de la Savoureuse, dans l'humble maquis du champ de Mars où l'armée française ne manœuvrait plus guère mais où le cirque de Buffalo Bill avait dressé son chapiteau au début du siècle.

On s'est arrêtés, on a baissé la vitre pour admirer les

fenêtres des HLM que les lumières des sapins tamisées par la buée transformaient en d'étranges icônes polychromes auxquelles un disciple de Turner aurait mis la touche finale.

Valentine s'est avisée soudain que nous avions oublié dans nos emplettes du matin notre sapin à nous. J'en ai acheté un – le dernier, tout hirsute et râblé – à l'épicerie qui, dans mon enfance, arborait les couleurs des Docks francs-comtois. Maman est partie sur les chapeaux de roue fouiller le capharnaüm du grenier, en quête du carton où, depuis bien des années, dormaient les guirlandes, les boules, les bougies, la grande étoile de strass dont une branche avait été recollée par mon père en prévision de ma naissance.

Nous étions seuls sous le portrait d'Audrey Hepburn en bonne sœur, Valentine et moi.

Elle a dit :

« Ce sera notre plus beau réveillon à tous les trois, tu vas voir. Personne ne pourra jamais nous ôter ça.

– Qui voudrait nous l'ôter ? » ai-je répondu.

Elle s'est hissée sur la pointe de ses bottines Pollini pour déposer sur mon front un baiser plus léger qu'une plume. Déjà, Maman revenait avec son butin.

« Vous ne savez pas à quoi j'ai pensé ? s'est-elle écriée, hors d'haleine. On devrait aller à la messe de minuit ! »

Elle n'a pas compris ce qui nous faisait rire, mais elle a ri avec nous. Nous avons ri toute la soirée, sous des prétextes bien plus futiles encore. Non pour passer le temps, comme chacun de nous l'imaginait sans doute, mais, je le sais aujourd'hui, pour le retenir. Filtrer les heures, laisser perler chaque seconde telle une goutte d'huile, lourde, capiteuse et dorée, d'un pressoir à olives...

Nous avons ri en décorant l'arbre. Nous avons ri en dressant la table. En déballant nos provisions et en les répartissant sur les divers plats du service de Limoges reçu par mes parents en cadeau de noces – la vaisselle des grands dimanches, qui ne s'use pas plus qu'elle ne fait d'usage, parce qu'on remet toujours à une meilleure occasion le moment opportun de la tirer du placard. Et nous avons ri, à nous en décrocher la mâchoire, devant une émission de télé qui n'en demandait pas tant. Quelle journée, hein ?

L'église Saint-Joseph n'est séparée de la rue du Quatre-Septembre que par la longueur de la rue de Châteaudun. Ces noms rappellent la chute du Second Empire et une débâcle militaire au milieu de laquelle notre cité fit preuve d'une vaillance exceptionnelle. Le 4 septembre 1870, Ferry, Favre et Gambetta proclament la République ; quelques semaines plus tôt, la sous-préfecture d'Eure-et-Loir avait été le théâtre d'un féroce étripage avec les Prussiens. Cette leçon-là, je l'ai retenue. En CM1, l'instituteur Bailly nous en avait gratifiés en débordant le cadre du programme. Pour nous qui habitions le quartier, c'était comme si, tout à coup, nous nous étions retrouvés locataires de l'Histoire de France. A la sortie, nous nous sommes mis à humer l'air ambiant, dans l'espoir qu'un fumet de sang k'impur y flottait encore. Je fréquentais alors la communale édifiée dans cette même rue de Châteaudun. Vingt ans plus tard, à quelques détails près, les bâtiments se ressemblaient assez. En revanche, la ferme à vaches située juste en face et qui, au temps chaud, embaumait la cour des petits, s'était volatilisée.

Nous allions bras dessus, bras dessous au milieu de la chaussée, comme font les gens heureux les soirs de fête. Valentine se tenait à la gauche de Maman ; je marchais à sa droite ; les fers de nos chaussures sonnaient sur le bitume.

L'air en congélation était immobile, pur et luisant comme du cristal. Nous nous sommes attardés au pied du perron devant lequel, les soirs de juin, ma mère, ayant abandonné quelques instants sa machine, venait m'attendre après l'étude pour me payer, chez Jullerot, une glace à deux boules. Puis nous sommes tombés en arrêt derrière les grilles entourant le vaste quadrilatère où la société de gymnastique La Belfortaine avait connu des heures glorieuses : on eût dit que le terrain était en friche; les parois du local donnaient l'impression de plier sous le poids de la charpente.

Malgré ces haltes, nous avons rejoint Saint-Joseph juste à temps… pour assister à la sortie des fidèles! Depuis peu – mais nous n'en savions rien – les curés de nombreuses paroisses disaient la messe de minuit à vingt-trois heures, procédure fort judicieuse s'ils ne voulaient pas entraîner la sainte communion dans une compétition avec les agapes profanes qui n'eût peut-être pas tourné à son avantage. Ce fut encore une occasion de rire. Rire de notre déconvenue, de la complaisance du Père éternel, du culot de ces pratiquants qui lui marchandaient leur pratique. Nous avons quand même franchi le seuil du sanctuaire, désireux de respirer à pleins poumons le cierge et l'encens dont les vertus olfactives, sans conteste, sont très supérieures à celles des hématies prussiennes. Les orgues qui jouaient encore ont attisé mes envies de noces. Au retour, j'ai manœuvré pour me placer entre les deux femmes. Au contact de Valentine, mon épiderme est devenu aussi sensible que si mes nerfs avaient été mis à nu.

Tandis que nous faisions honneur au second festin de la journée, nous avons quand même aperçu un bout de messe à la télé. Un tout petit bout, pour ce qui me concerne. D'abord parce que j'étais, comme la galanterie l'impose, le plus mal placé par rapport à l'écran. Ensuite, parce que je n'avais d'yeux que pour Valentine, plus irréelle encore, dans le clair-obscur des bougies, qu'à la table d'Al Teatro.

Je m'attendais d'une seconde à l'autre qu'elle annonçât nos fiançailles. Qui pouvait encore avoir envie de jouer, à présent? Je la regardais, mais je n'étais pas hypnotisé par elle. Je veux dire que je voyais son regard. Que j'étais enfin capable d'affronter, de soutenir, de pénétrer – au présent de l'indicatif – le regard d'une femme en chair et en os.

Cependant, cette femme ne prononçait pas les mots que j'attendais. Si mon regard la provoquait, le regard de cette femme ne semblait pas s'en rendre compte. Il était comme l'écran de la télé, qui vous fascine sans vous voir.

Après la bûche aux marrons, Maman eut, en sombrant d'un bloc dans le sommeil, un geste malencontreux. Son couteau et sa fourchette dégringolèrent sur le parquet. Le bruit la réveilla en sursaut. Il nous tira tous trois de nos songes, dans le silence qui, à cet instant précis, marquait la fin des programmes.

Tout ankylosé, la tête lourde, la tête vide, je me suis levé pour éteindre le récepteur. Ensemble nous avons essayé de dire quelque chose : aucun d'entre nous n'y est parvenu. Alors nous avons voulu rire, mais cela aussi paraissait au-dessus de nos forces.

J'étais conscient que le rideau tombait des cintres, qu'on allait entendre d'une seconde à l'autre, loin dans la cerisaie, la hache s'abattre sur un arbre. Mais qu'est-ce que ça veut dire? Hé! Oh! Minute, papillon! Attendez un peu! La vraie vie vient à peine de commencer…

« Mes petits, a dit Maman, amusez-vous bien. Je me sens un peu pompette. Je crois que je vais aller me coucher… »

Et Valentine :

« Moi aussi. Je ne tiens plus debout. »

Elles se sont embrassées. J'ai embrassé ma mère. Valentine est allée prendre ses affaires au portemanteau. Un creux marquait l'emplacement de mon corps, sur le divan efflanqué où je dormais jadis. Audrey Hepburn me souriait avec une douceur extrême. Le trac m'étranglait. Mon cerveau enregistrait des images qu'il ne décryptait plus.

Je me revois, un peu plus tard, assis sur le siège glacé de la Morgan. La tête sur le billot, je ne saurais dire comment j'étais arrivé là. Somnambule, sur une terrasse à l'autre bout du monde… Une paire de bottines, un reflet vernissé dans la pénombre…

Devant l'esplanade des fêtes, Valentine n'a pas pris le chemin de l'hôtel du Lion. Elle a coupé le contact et s'est tournée vers moi.

Il y a des langues qui ont l'air d'être étrangères, même pour les gens qui les parlent depuis l'enfance. Elles ne vont pas avec les gestes qu'ils font ni avec les vêtements qu'ils portent.

« On dirait, a commencé Valentine, que je serais une femme qui, un beau soir, un soir vraiment très moche, aurait quitté sans crier gare son mari, son riche beau mari pas très joli joli. Elle aurait quitté le spacieux salon de la spacieuse villa dont, le soir de son mariage, cette femme avait franchi le seuil, posée – comme une brassée de lys : c'était ce qu'elle croyait ; comme une brassée de coûteux falbalas blancs et vides : c'était la réalité – sur les bras de cet homme qui ne s'aimait pas lui-même, ni rien ni personne, mais achetait toujours ce qu'il y avait de plus spacieux, de plus beau et de plus cher, dans l'espérance toujours déçue que ces choses vont faire que la vie vous aimera. Elle aurait pris la belle auto que cet homme lui aurait offerte pour son anniversaire, et elle aurait fui tout cela sur les chapeaux de roue. Elle aurait roulé à tombeau ouvert pour aller entendre à Saint-Étienne une pièce de théâtre tout à fait très belle où même les choses qui vous brisent le cœur sont des choses qui vous font aimer la vie… On dirait que cette femme, qui aurait voulu être actrice dans le temps et qui en aurait eu assez de jouer la comédie à ce personnage riche et moche, aurait reconnu sous son déguisement un acteur de la pièce, un garçon avec qui elle aurait été amie dans le temps. Ils auraient fini par fuir ensemble quelque part. Un peu partout, un peu nulle part. Elle aurait fui avec cet acteur comme elle aurait pu le faire dans une pièce de théâtre ou un film si elle était devenue actrice pour de bon. Jouer ce qu'on est pour devenir ce qu'on joue… Ne vivre que des choses imaginaires, les vivre tout entières et ne rien vivre d'autre, impitoyablement… On dirait qu'elle serait allée à Venise en hiver avec ce garçon, à Venise en hiver comme font les gens dans les histoires où les gens sont très amoureux… On dirait que ce garçon et cette femme seraient tombés très amoureux pour de bon, très très amoureux pour de bon. Eux-mêmes ne seraient jamais tout à fait sûrs de l'être, parce qu'ils continueraient de faire semblant, mais, pour n'importe quel spectateur de la pièce ou du film, ça se verrait comme le nez au milieu de la figure… »

Je regardais droit devant moi, fixant le vide à travers le pare-brise qui, au rythme de ma respiration, se couvrait peu à peu de buée.

« On dirait, reprit-elle, qu'ils auraient vécu plein de choses qui feraient aimer la vie mais qui, un beau jour, un jour vraiment plus beau que tous les autres, vous briseraient le cœur à force de mettre des choses dedans. Des promesses de fiançailles, des photos sur un mur, des machines à coudre, des cuisses de grenouilles, des verres de gewurz, des petits facteurs de juillet, des lumières bizarres aux fenêtres du lotissement, des sapins, des guirlandes, des étoiles rafistolées, des services de Limoges, des rues de Châteaudun, des promenades bras dessus bras dessous, des parfums de cierges et d'encens – des choses qui, soudain, ne sont plus imaginaires du tout et deviennent fragiles comme du verre filé… »

Je comprenais chaque mot. Je n'avais jamais été aussi intelligent. Ce que je ne comprenais pas, c'était pourquoi je n'avais pas le droit de rester un imbécile toute ma vie, comme la plupart des gens.

« On dirait que cette femme se serait fait des idées. Car la vérité, c'est qu'on ne devient que ce qu'on est et que ce qu'on joue, cela restera toujours du théâtre. On ne peut pas se cacher derrière un masque chaque fois qu'on tente d'être soi-même. On ne peut pas ôter son masque chaque fois qu'on souhaite ne pas être reconnu. La vie est un théâtre, le théâtre imite la vie, tradéridéra tsouin-tsouin, on connaît la chanson par cœur – pourtant il faut choisir. Pourtant, on dirait bien que cette femme ne voudrait pas. Jamais. En tout cas, pas encore. On dirait qu'arrivée à la fin du plus beau de tous les soirs, elle voudrait avoir encore quelque chose à imaginer, impitoyablement. Quelque chose d'incassable qu'elle pourrait tourner et retourner dans sa tête le plus longtemps possible, puisque ça ne se serait pas passé dans la vie. On dirait que, le plus beau de tous les soirs, il lui faudrait aller retrouver son riche et beau mari à des centaines de kilomètres, roulant à tombeau ouvert afin que les spectateurs s'attendrissent en voyant, au dernier acte, ce gentil couple réuni pour le déjeuner du dimanche de Noël dans le spacieux salon de la spacieuse villa où, si l'on ne rêve pas impitoyablement, on ne vit plus du tout. Où, si l'on ne rêve pas, on s'allonge par terre pour mourir, oublié de tous, dans un bruit de grelots. Alors on ferme les paupières, on les serre comme des poings, on rêve comme on respire, le plus longtemps possible. C'est formidable, non ? Tout va bien. Ne t'en fais pas. Par où faut-il passer, dis-tu, pour attraper la route de Lyon ? »

Je lui ai expliqué comment atteindre le pont Michelet par le raccourci de la rue de Mulhouse et du quai militaire que j'empruntais à bicyclette, sous le cagnard, lorsque n'importe quel moyen était bon pour tuer des vacances qui n'en finissaient plus. Nous nous sommes dit adieu. J'imagine que nous l'avons fait. Une fois sorti de la voiture, je me suis accroupi près de sa portière pour ajouter :

« Le pont où tu dois prendre à ta droite passe au-dessus des voies de chemin de fer. Tu ne peux pas le rater : il se voit… »

Elle m'a souri.

« … comme le nez au milieu de la figure ? Nous, on ne se verra plus. Moi, je ne verrai plus que toi. Tu ne me dis pas Joyeux Noël, Momo ? »

J'ai dit :
– « Joyeux Noël, Momo. »

Avant de m'en retourner chez nous, je somnambule encore sous les guirlandes électriques tendues au niveau du premier étage, d'un bord à l'autre du faubourg des Ancêtres. Je longe sans lever les yeux l'enceinte du collège Sainte-Marie. Un peu plus loin, dans la vitrine du marchand de musique, on pourrait croire que les instruments n'ont pas bougé d'un pouce depuis ce lointain dimanche où, me rendant à pied au cinéma Rex avec ma mère (portait-il déjà ce nom ? elle s'en souvint longtemps comme de la Grande Taverne), j'étais tombé en arrêt devant eux. Rien ne me semblait avoir plus de splendeur et de mystère qu'un saxophone. Si l'on excepte la pharmacie et *Prothèse et Beauté*, de chaque côté de la grand-poste, la plupart des autres commerces sont méconnaissables, ayant changé non seulement d'apparence mais, pour la plupart, de vocation.

Sur la place Corbis toute renflée (un vieux trésor de nostalgies est caché dedans), un carrousel de voitures tournique autour de la borne phosphorescente du rond-point. Les bonnes âmes n'ont pas encore perdu l'habitude de déposer à cet endroit des bouteilles de mousseux et de vin cacheté destinées au petit Noël des agents de la circulation. A vue de nez, j'en compte de quoi enivrer tout un escadron, et la nuit est encore jeune, n'est-ce pas ?

J'observe la scène, planté devant la librairie Alsatia. De l'autre côté de la place, le fronton du théâtre municipal n'est pas encore équipé du bandeau lumineux mobile qui annoncera, dans les années quatre-vingt, les événements culturels, et où, une autre nuit, plus tard encore, je verrai défiler mon nom avec autant d'indifférence que si j'étais un passant ordinaire.

Rue du Quatre-Septembre, je trouve Maman à la cuisine, le cheveu en bataille, empaquetée à la diable dans une robe de chambre qui a connu des jours meilleurs. Le remords d'avoir laissé la vaisselle sale sur l'évier l'a soudain tirée de son sommeil. Elle s'emploie à purifier l'argenterie dans un bain couronné d'énormes bulles irisées ; elles débordent de la cuvette Gilac, une épave des années 50, jaune orangé. Sans un mot, je m'empare d'un des deux torchons propres disposés sur le dossier d'une chaise. Du menton, ma mère approuve mon initiative.

« Toi, remarque-t-elle d'un ton espiègle en secouant une poignée de couverts au dessus de l'égouttoir, tu as tes yeux de bamboche. Quelle journée, hein ? Sais-tu que tu ressembles à ton père, ce soir ? Si j'avais encore des doutes sur tes origines... »

Elle rit. D'un air absorbé, je n'en finis plus de fourbir ma première fourchette.

« Ne fais pas attention, va ! C'était le réveillon, après tout... Alors, Mlle Lambrusca est repartie... »

Ce n'est pas une question.

« Comment le sais-tu ?

– Nous avons papoté dans l'auto, elle et moi... Voilà une gentille fille, non ?

– Qu'a-t-elle bien pu te raconter ?

– Oh ! beaucoup de choses, figure-toi. Entre autres, que tu étais le meilleur partenaire qu'elle ait jamais eu, et aussi son meilleur ami.

– Elle t'a dit "son meilleur ami" ?

– Sans doute pour que je n'aille pas me monter la tête à votre sujet. Mais ça ne risquait rien.

– Ça ne risquait rien ?

– J'ai fini par te connaître un peu, Momo. Oh, ça n'aura pas été facile ! Toi, tu n'as jamais été très causant, même quand nous étions seuls tous les deux. Je ne t'en veux pas, note bien, c'est dans ton caractère depuis tout petit. Mais tu n'as jamais pu me cacher grand-chose, tu sais.

– Je ne devais déjà pas être assez bon comédien pour ça. En tout cas, je n'ai pas pu te cacher Audrey Hepburn.

– Tu as remarqué, alors ? Que veux-tu, ta mère lisait en toi comme dans un livre, mon pauvre pitchounet... Hé ! l'autre torchon, pour les verres, s'il vous plaît ! »

Un instant, nous travaillons en silence, debout côte à côte devant l'évier en pierre ponce creusé par l'érosion. Puis il ne reste rien à laver et Maman se met à essuyer avec moi. Et nous voilà en train de tourner l'un derrière l'autre autour de la table, d'arpenter le carreau à pas comptés, les yeux dans le vague, en accomplissant notre besogne. Est-ce qu'on se fuit ? Est-ce qu'on se court après ?

« Remarque, reprend-elle dans un soupir, je fais la maligne mais, pour cette... comment ?... Ornella, je n'avais rien remarqué. D'ailleurs, je ne vois même pas à quoi elle ressemble.

– Ornella Campieoni ?

– Pardonne-moi. Je suis si fatiguée, je ne sais plus ce que je dis, allez ! Je ne voulais pas remuer le couteau dans la plaie. »

Nous nous retrouvons tout à coup face à face, ne me demandez pas comment nous avons fait notre compte.

« C'est Valentine qui t'a parlé d'Ornella ? »

Elle soupire.

« Je sais combien tu es sensible. C'est ce que tu caches le plus. Mais, rassure-toi, c'est ce que tu caches le plus mal. »

Il reste un vieux fond de veuve-clicquot dans une bouteille que nous n'avions pas pris la précaution de reboucher. A défaut de limonade tiède…

Nous trinquons d'un geste mal assuré, presque timide. Deux hannetons qui se tâtent du bout de leurs antennes dans une boîte d'allumettes.

« Ornella Campieoni, dis-je, c'est fini. »

Maman hoche la tête.

« Oui, mon grand. Je t'ai gardé l'article, ajoute-t-elle. Au cas où…

– Quel article ?

– Momo ! proteste-t-elle avec douceur. Je t'ai dit qu'elle m'avait tout raconté. »

Elle se dirige vers le buffet. Farfouille derrière les réserves de sucre Béghin et les boîtes métalliques, celles que j'ai toujours vues à cette place, où sont entreposés les pâtes, le riz, la semoule, le café et le thé, les biscuits. Trouve un journal.

Je reconnais aux gros titres de la une le numéro de *L'Est républicain* que Valentine a consulté au café des Vosges.

« A quoi bon ruminer ? » dit ma mère.

Mais j'ai déjà tendu la main.

Désabusée, elle m'abandonne le quotidien, et je suis là comme un idiot de village à me demander ce que je dois y chercher.

« Allons, rends-le-moi, Momo. Ce n'est pas la peine, tu le sais bien… »

Mes yeux n'ont pas lâché son visage, même quand elle a baissé les paupières. Elle rend les armes.

« Le cinéma, c'est en bas à gauche, après les sports », fait-elle dans un souffle.

Cinéma. Une succession de dépêches non titrées. La première est la bonne : « Nous apprenons avec un certain retard le suicide à Venise, dans la nuit du 8 au 9 décembre, de la merveilleuse Graziella Basso de *Ce que durent les roses*, film au titre sinistrement prémonitoire. Née à Civitavecchia il y aura vingt-neuf ans le mois prochain, Ornella Campieoni, la star découverte par Gianfranco Terrazzoni, n'aura été qu'une comète au firmament du septième art. » Fin de l'oraison funèbre. Point à la ligne.

La nuit du 8 au 9 décembre, je n'ai pas besoin de le vérifier sur mon agenda, c'est celle de la panne d'électricité et des caparassoli. Celle où la reine de Saba foula sans en froisser un seul les pétales de roses d'Al Teatro et où rendit l'âme, pour la bonne cause, un valeureux guéridon du plus pur style vénitien.

« Tu vois bien, se lamente ma mère, je le savais, te revoilà tout chose, comme ce matin dans le séjour – si tu crois que je ne t'ai pas vu ! Aux grenouilles, tu avais pourtant l'air d'avoir oublié. On a réussi à te changer les idées jusqu'à la fin du réveillon, Mlle Lambrusca et moi, hein ? Dans son auto, quand elle m'a dit qu'elle devrait repartir cette nuit, je l'ai prévenue qu'elle n'avait pas à se tracasser pour ça ; que si on arrivait à te distraire un peu de tes pensées, on ne pourrait guère espérer mieux, avec un phénomène dans ton genre. Tu te rappelles ce que je te disais toujours ?

– …

– “Profite, Momo, profite donc.” Mais, pour ça, tu es bien comme ton père : tu n’as jamais voulu m’écouter…

– En somme, dis-je, vous m’avez roulé dans la farine, toutes les deux ?

– Que veux-tu ? c’est doux, la farine, ça n’a jamais fait de mal à personne. »

Je serais bien resté là-bas jusqu'au Nouvel An. Mais, comme je croyais encore au Père Noël, j'ai attrapé dès le lundi le premier train pour la capitale, afin que le téléphone ne sonne pas dans le vide si Valentine venait à m'appeler chez moi. Autant que je sache, elle n'avait pas mon numéro, mais il lui suffisait d'interroger les renseignements ou de consulter l'annuaire dans n'importe quel bureau de poste.

Quand je suis descendu du trolley devant le minaret de la gare, il faisait encore nuit. Le passage souterrain qui mène aux quais marinait dans une odeur de cru, de chien mouillé, de neige qui s'en vient et de fumée qui ne veut pas partir. Comme toujours, j'étais en avance. Et j'étais seul. Je veux dire qu'il n'y avait que moi dans le compartiment de deuxième classe où je me suis installé ; l'autre solitude, je n'en parle même pas. Des fougères de givre décoraient la fenêtre ; la pellicule de glace, fine et transparente, qui laquait les parois métalliques commençait seulement à fondre. Le wagon avait couché dehors et gardait des souvenirs de nuit blanche. De nuit blanche à sa façon. La mienne, au fond, n'était guère différente. J'avais ma taie sur les yeux, mon cilice de froidure. Je me tenais assis, immobile, tassé sur moi-même pour me tenir chaud ; le convoi ne s'ébranlerait pas avant un bon quart d'heure, mais le café au lait avalé debout dans la cuisine naviguait d'un bord à l'autre de mon estomac. J'ai vomi dès Ronchamp. Bien entendu, elle n'a pas téléphoné. Ou alors j'étais sorti.

La Saint-Sylvestre au Champollion.

1968. *Janvier, février* : je chôme en dilettante, renonçant deux ou trois fois à la sombre dignité du plein-inemploi pour aller grappiller des cachetons miteux à l'O.R.T.F., dans des rôles excessivement secondaires et mal polycopiés sur lesquels, les camarades et moi, nous jetons à peine un coup d'œil. On nous a parqués dans le couloir circulaire par où on accède aux studios réservés aux « dramatiques » (dramatiques, elles le furent plus d'une fois, je puis en témoigner). Plus qu'à expédier le rogaton de texte qui nous échoit, nous nous appliquons à passer en revue les affaires du monde, ce microcosme du théâtre.

Mars (22) : Nanterre. Pour Colombes, c'est la porte à côté, je sais bien, mais, sur le moment, le fait est là, il s'y passe des choses dont mes camarades et moi pensons qu'elles ne nous concernent en rien.

Avril : pour les besoins (si j'ose dire) d'un film dont le budget, bien que microscopique, demeure très au-dessus des moyens de son réalisateur, je double un jeune premier encore moite d'avoir lui-même doublé Jean-Paul

Belmondo (Belmondo de dos) dans certaines scènes des *Tribulations d'un Chinois en Chine* où il n'y avait pas de falaise à dégringoler, pas de sommier à faire grincer, pas de mot d'auteur à lancer. Bref, des scènes où la star ne savait plus à quel saint se vouer.

Mai : mai.

Le vendredi 3, alors qu'à la demande du recteur Roche, les forces de l'ordre déboulent en rangs serrés dans la Sorbonne et l'évacuent sans faiblesse excessive, embarquant les meneurs, nous nous regardons encore dans le blanc de l'œil, mon téléphone et moi. Dès le lendemain, cependant, je vais plonger la tête la première au sein des « événements » – même s'il aura fallu que quelqu'un me pousse.

Bafouillant d'indignation, le grand Simoneau m'appelle à l'heure du laitier pour me conter l'extraordinaire enthousiasme des matraquages dispensés le long du boulevard Saint-Michel où les forces de l'ordre ont donné aux riverains une féerie dans le genre pyrotechnique et lacrymogène. Lui-même en a été le témoin incrédule de la fin de l'après-midi jusqu'à la tombée du jour.

A ce moment-là, abrité sous une porte cochère, il délibérait encore avec la circonspection qu'on lui connaît sur l'opportunité de joindre sa voix à celles des étudiants qui s'égosillaient à réclamer la libération de leurs camarades quand, achevant d'assommer un passant de couleur (un peu soutenue, il est vrai) sur le trottoir d'en face, trois types casqués en manteau de cuir noir l'ont désigné du doigt avant de fondre sur lui. Et comme mon Simoneau, sous la grêle, s'obstinait à proclamer sa neutralité dans le conflit en cours, un garde mobile était venu à la rescousse en le traitant de fumier de salope de connard de feignant, la crosse de son mousqueton brandie au-dessus de sa tête.

On avait balancé – direction les caves du commissariat Notre-Dame-des-Champs – ce qui restait de lui dans un car où s'entassait déjà un meulon d'interpellés pantelants – filles et garçons, manifestants et promeneurs, photographes de presse et secouristes de la Croix-Rouge – sur lesquels tentaient de s'acharner quelques consciencieux forcenés de l'ordre, au prix de mille difficultés. Car non seulement les cahots du véhicule, louvoyant pour éviter les projectiles, ne leur permettaient pas toujours de bien ajuster les coups, mais la fatigue d'en avoir beaucoup donné rendait moins efficaces ceux qui parvenaient à bon port. Mon camarade n'avait été relâché qu'au petit jour, à grands coups de pompe dans le train. Couvert de bosses et d'hématomes, les cheveux empoissés d'écarlate, la mâchoire démise, les vêtements en lambeaux, à demi mort de soif et le ventre creux, il avait titubé jusqu'aux urgences de Saint-Vincent-de-Paul d'où il me téléphone après avoir reçu les premiers soins.

« Vers la fin du siècle, il sera question, je suppose, d'un gigantesque monôme, un peu plus turbulent que les autres. Mais se trouvera-t-il quelqu'un pour observer que les *événements* furent aussi, et peut-être davantage encore, l'occasion d'une bacchanale pour toute cette part de la société qui avait mal digéré la chute de l'Empire colonial ? D'une formidable éjaculation, contrariée depuis la reddition de Diên Biên Phu ? D'une explosion de foutre infecté d'avoir trop mijoté au fond de sa gamelle, brûlant comme une chaude-pisse, fétide comme des latrines de camp retranché ? Sans doute y eut-il, chez de trop romantiques contestataires, le rêve absurde du meilleur des mondes ; mais, du côté de ceux qui leur administraient la ciguë des temps modernes à grands coups de bâton, on ne sut faire miroiter que la perspective, terriblement concrète, du pire. »

Ces mots, je les emprunte à *Rue Gay-Lussac*, la pièce que je suis en train de jouer, je veux dire : au mois de juillet 1997. Je n'en connais pas qui traduisent mieux l'écœurement que j'ai pu éprouver à l'époque.

Le 4 mai au matin, donc, moi qui ne me suis jamais intéressé à la politique en aucune façon, je vire gauchiste sur un simple coup de téléphone, à l'unique motif que la délectation à casser du crâne d'œuf me répugne.

Le 6, dès 9 heures, je suis rue des Écoles. Après le sandwich de midi, je traîne mes guêtres du côté de la place Maubert où l'on traite avec bonne humeur un certain Fouchet d'assassin. Le soir, infatigable, j'aide modestement à tenir la barricade édifiée sur le Saint-Germain à hauteur de la rue des Saints-Pères, déclinant l'honneur de lancer un bon gros boulon plein de cambouis qui, compte tenu de mon adresse naturelle, aurait été perdu pour la Cause. Peu avant minuit, rue Monsieur-le-Prince, j'échappe de justesse à une bande armée qui se propose de me lyncher au nom de la République ; les deux étudiantes qui galopent derrière moi, leurs chaussures à la main, n'auront pas cette chance. (Au son, je peux désormais distinguer les coups de crosse des coups de matraque en caoutchouc et des coups de « bidule » en bois.) Une voix brame, au paroxysme de l'orgasme : « Il faut tous les tuer ! » On entend protester les cocus au balcon : « Assez ! Assez ! » Bientôt, ils paieront cher cet accès d'humanisme.

Le lendemain, je suis le mouvement. On traverse la Seine – « hop ! hop ! hop ! » – au pas de charge sous les oriflammes, comme au Japon. On envahit les Champs-Élysées. « Nous sommes un groupuscule ! » hurlent plus de soixante mille bouches. On rigole bien, je dois dire. En guise de bouquet, on donne à l'Inconnu une sérénade en forme d'*Internationale*. J'apprends pour l'occasion que l'air composé par Degeyter n'est pas tout à fait celui que j'imaginais pour en avoir surpris de vagues échos lors des grèves de l'Alsthom – celle de 1955 en particulier, qui avait mis la ville en état de siège.

On me retrouve à Montparnasse quelques heures plus tard alors que les garants de la paix et de l'ordre montent à l'attaque des cafés Le Sélect et Le Rond-Point, telle une horde de Hell's Angels dans un trou perdu du Nebraska. Des grenades de verre fracassent les vitres ; une âcre fumée vert jaune enveloppe les consommateurs… Est-ce cette nuit-là que je croise Marius Zehnacker (ma parole, il a encore grossi !), sans avoir du reste le loisir de lui adresser la parole ? Perché sur un banc, excité comme une puce, il adjure une escouade de flics de taper dans le tas. Obligeants, cinq d'entre eux font un crochet pour lui voler dans les plumes.

(Une dizaine de jours plus tard, je reverrai aussi – apparition surréaliste –, le sergent Mergevauld dans la cour de la Sorbonne. En treillis, toutes décorations pendantes, il explique à trois pelés et deux tondus le maniement du mortier à l'aide d'une bouteille vide et d'un gobelet de carton…)

Touriste de la révolte, présent sur la plupart des fronts jusqu'au défilé monstre du 13 qui va marquer le début de la grève générale, je ne participerai, comme beaucoup, à rien d'autre qu'aux provocations verbales, aux réjouissances spontanées, aux « illusions lyriques », aux commencements d'asphyxie, aux quintes de toux, aux états nauséeux, aux replis stratégiques et plus encore aux débandades éperdues, éclaboussées d'adrénaline. Je n'aurai pas levé le petit doigt en faveur de la Révolution mais, dormant à peine chez des gens que je n'avais vus ni ne reverrais de ma vie, je me serai tenu sur le pied de guerre pour ne pas en manquer l'avènement, s'il devait jamais se produire.

Le 10 mai, la police condamne les dix-neuf ponts qui enjambent la Seine. Nous « occupons » la rive gauche. Nous l'occupons comme le rat occupe la souricière. Un rassemblement est prévu à Denfert-Rochereau. Peu avant deux heures du matin, Daniel Cohn-Bendit sort bredouille et mal rasé du bureau du recteur Roche. Bientôt va commencer ce que *Le Monde* en date des 12-13 appellera (j'ai gardé l'exemplaire en souvenir) « la nuit tragique du second vendredi rouge ». En d'autres termes, le réveillon tardif et la gueule de bois précoce de Gay-Lussac.

Je suis là. Moi qui évite les parages du Luxembourg depuis ce dimanche après-midi où j'y ai battu en retraite devant Valentine sous prétexte que je me sentais l'audace de la conquérir, je suis là. Plus facultatif que jamais, mais je suis là dès qu'on déplace les voitures en stationnement pour dresser la première barricade, dès qu'on commence à dépaver la rue. Et je ne suis pas le seul. La première connaissance sur laquelle je tombe ? Mon Petit Vieux en personne ! Impérial. Chesterfield pointant vers le sol, bitos, pochette, chemise blanche, prince-de-galles, toute la panoplie. Émincée, la panoplie, élimée, lustrée, marquée aux genoux, un peu ocrée peut-être sur les bords, oh! si peu, mais impeccable à sa façon. Comme nimbée d'une vapeur de naphtaline qu'elle n'a pourtant jamais eu le temps de respirer. A l'inverse du pauvre Marius, le Patron s'est desséché depuis Bruxelles : cela ne fait qu'accentuer la ressemblance avec son modèle.

«Ne dirait-on pas, fait-il sans élever la voix, que la jeunesse a retrouvé ses pantalons garance dans la malle aux accessoires? Pas trop déteints. Pas trop bouffés aux mites. Qu'est-ce que tu penses de ça, Momo? La poésie ne se décide pas à débarrasser le plancher! L'avenir de la nation va de nouveau pouvoir en prendre plein les gencives pour peau de balle...» Et quand, après les sommations d'usage, les CRS viendront déblayer le terrain (c'est-à-dire nous déblayer, nous; nous balayer autant que faire se peut de la surface du globe) : «Tu vois, s'écriera-t-il en désignant leurs uniformes, le bleu horizon broie du noir : ça devait lui arriver!»

Au fil de la nuit, nous refluons de barricade en barricade. Des incendies ont éclaté un peu partout; ce sont les voitures qui flambent. A la lueur dansante des brasiers, le Patron apostrophe les émeutiers en alexandrins. Un type, qui se distingue en attrapant les grenades au vol dans son casque de moto avant de les retourner à l'envoyeur, lui répond dans un éclat de rire : «Jouvet, avec nous!» Et lui, radieux : «Rendez-vous au quai des Orfèvres, mon petit père!»

Au sommet de la barricade prise d'assaut, un champion du tir tendu l'ajuste avec application et se ramasse au coin de la mâchoire une table de nuit tombée des combles. «Ne gâchez pas la marchandise! exulte Mon Petit Vieux. Le pot de chambre aurait suffi.»

« Soyons cruels ! », « Je jouis dans les pavés ! » s'égosillent de vaillants défenseurs. Les collègues du blessé s'engouffrent sous les porches avec des cris d'écorchés ou retournent leurs armes contre les fenêtres des étages. Il pleut du verre pilé. Des chimies délétères gagnent les appartements, qu'iront bientôt fouiller des policiers en civil, revolver au poing, menaçant d'abattre sans autre forme de procès quiconque héberge des « insurgés ». En bas, où leurs collègues en tenue tabasseront les blessés, c'est le dernier rempart, le dernier carré. On sonne l'hallali.

Nous verrons le jour se lever sur l'hécatombe et nous sortirons indemnes du champ de bataille. Maintenant, ne me demandez pas à quoi nous devons ce miracle. Vingt fois, il s'en sera fallu d'un cheveu. Déjà, au moment de filer à l'anglaise du cœur de l'action, nous ne devrons notre salut qu'à un immeuble à double entrée dont mon compagnon se sera opportunément rappelé l'existence. Pour le reste, sans doute son allure hautaine et son costume encore tiré à quatre épingles après toute cette confusion en auront-ils imposé aux argousins de toute farine, membres des brigades d'intervention compris, croisés dans le quartier du Panthéon et jusqu'aux quais de Seine. Combien en aurons-nous frôlé pourtant, surtout aux carrefours impossibles à contourner, de ces hommes transfigurés par leurs lunettes ou leurs masques à gaz, leurs boucliers, leurs baudriers, leurs morions, leurs musettes, leurs flingots, leurs casse-tête, leurs ressentiments, leurs petits coups dans le nez et leurs ivresses inavouables en énormes insectes carnassiers dressés sur leurs pattes arrière et tricotant des mandibules ?

Nous portons sur nos épaules ce genre de fatigue

paradoxale qui interdit le repos. Il faut sombrer d'un coup dans l'inconscience ou continuer de brûler son énergie à petit feu jusqu'à ce qu'il n'en reste rien. Si nous n'étions pas épuisés à ce point, jamais nous ne serions rentrés à Colombes à pied. A pied et en silence, jusqu'au pont qui surplombe l'île de la Grande-Jatte.

Là, soudain, le Patron s'arrête et s'adosse au parapet, le poignet fluide, la pointe des coudes piquée sur la balustrade avec l'élégante désinvolture des vieux dandys de barrière.

« Ils ont bonne mine, les génies de l'Actor's Studio ! ironise-t-il. J'aimerais qu'on m'en montre un seul capable d'interpréter une boucle de la Seine, un matin de 11 mai 1968, dans cette lumière sublime ! »

J'ai beau m'être saoulé de nuit blanche, la lumière en question me paraît plutôt basse, terne, sale et creuse. Gorgée en outre d'une pluie qui ne devrait plus tarder à crever son sac. Un froid insidieux réveille au fond de mes os le froid hypocrite du manque de sommeil. Mon Petit Vieux, lui, donne l'impression d'assister à un lever de soleil sous les tropiques. A croire qu'il joue dans une pièce, et moi dans une autre. S'il n'avait un tel souci de son apparence, je parie qu'il tomberait la veste.

« Mon vieux Maurice, me dit-il, tu dois oublier tous les bobards que j'ai pu te servir jusqu'ici. Souviens-toi seulement des saint-cyriens à Charleroi, chargeant parmi les champs de coquelicots (et peu me chaut que les coquelicots poussent ou ne poussent pas sur les rives de la Sambre : les miens ont plus de vérité, je te le promets, que tous les échantillons certifiés par les botanistes !). Ces garçons étaient à peine plus que des enfants. Tout d'abord, ils n'ont rien fait d'autre que reproduire une gravure d'un vieux livre d'histoire qui les avait frappés, comme sous les préaux de la communale quelques années plus tôt. Puis, à mesure qu'ils tombaient sous les balles, ils se sont mis à imprégner la page, ils se sont incrustés dans l'image. Ce qui n'était au départ qu'un fait d'armes par procuration, ils se sont mis à le fabriquer de toutes pièces. Les beaux esprits t'expliqueront que la différence n'est pas grande ; je prétends, moi, qu'elle est capitale. J'ai compris cette nuit que, dans les choses de l'imagination, une imperceptible frontière sépare celles qui empruntent à la vraie vie de celles à qui la vraie vie emprunte. Le tout est de la franchir, cette ligne, mon vieux Maurice, de te retrouver au milieu des coquelicots et d'y cueillir la fleur de l'innocence. »

Je ne sais pas trop ce que vient faire ici la fleur de l'innocence, mais je l'applaudis de confiance : ça réchauffe. Il allume une cigarette, accroche son regard à la fumée qui s'élève.

« Dans ta vie, tu peux jouer la comédie tant que tu veux, à condition de ne pas faire semblant. Il faut jouer, mais seulement *pour de vrai* ! J'imagine que ça doit être assez coton, surtout quand tu n'as pas, pour te rappeler aux réalités de l'existence, de mitrailleuses prussiennes qui te crachent dessus ou un peloton de CRS qui te colle aux fesses… Une vie – poursuit-il, les yeux au ciel –, une vie… comment dire ?… une vie imaginaire, ce sont des reconnaissances de dettes, des impayés, du papier bleu qui s'accumulent, avec des tas de photos prises un peu n'importe comment un peu n'importe où. Tandis qu'une vie imaginée, ça c'est du solide. Quelque chose qui t'appartient, qui ne doit rien à personne et que tu peux offrir à d'autres. *(Il ramène les yeux sur moi.)* Comprends-tu seulement ce que je raconte ?

– Un peu trop, même, si vous voulez mon opinion. J'ai eu un excellent professeur.

– Réveille-toi, Momo, on est arrivés, tout le monde descend ! Je n'ai jamais été un excellent professeur.

– Je ne parlais pas de vous, patron.

– Merci. Tu me remontes le moral.

– Là, je pensais à Valentine Lambrecht.

– Qui ne pense partout et tout le temps à Valentine Lambrecht, mon petit vieux ? La dernière fois que je l'ai vue, Valentine, c'était dans les faubourgs de Bruxelles...

– A propos, maintenant que l'eau a coulé sous les ponts, puis-je vous demander ce que vous faisiez à la porte de cette chambre, dans les faubourgs de Bruxelles ?

– Ce que j'y faisais ? L'andouille, tiens ! Tu n'avais pas deviné ? Un comédien, dans la vie, qu'est-ce qu'il pourrait bien faire d'autre ? C'est notre lot. Retiens mon ultime leçon, Momo : avec une hallebarde à la main, dans le métro vers six heures du soir, tu auras toujours l'air d'un con.

– Ça dépend quel comédien. Vous, patron, vous seriez grandiose.

– Ne me fais pas rire ! Je ne suis qu'un dilettante, tout comme toi, un cabotin du dimanche... Valentine, ça c'est une artiste ! Je sais de quoi je parle. Tu veux des confidences ? Ce jour-là, alors qu'on ne s'était pas revus depuis des années, en deux coups de cuiller à pot elle a réussi à me faire avaler qu'elle ne pouvait plus vivre sans moi une seconde de plus. Que je devais tout plaquer et la suivre au bout du monde. A tout le moins, mais d'abord en

Belgique : il faut un commencement à tout. A Bruxelles où je pourrais aller la rejoindre au petit matin dans son lit – ignorant bien sûr que tu devais t'y trouver, toi aussi... Le canular de l'année 1967, mais j'ai marché comme un seul homme ! Pourquoi m'a-t-elle joué ce coup-là ? Je suppose pour se venger de la façon dont je l'avais traitée jadis. Oh ! je n'ai pas lieu de m'en vanter, mais que pouvais-je faire d'autre ? J'étais fou d'elle. On n'est pas de bois. Si je ne l'avais pas ignorée, j'aurais été capable... j'aurais été capable de tout, mon petit père, fais-moi confiance !

– Excusez-moi, patron, mais vous n'y êtes pas. Tout ce qu'elle voulait, à Bruxelles, c'était vous faire admettre devant témoin ce que vous aviez toujours refusé de lui dire même en privé.

– Que j'étais fou d'elle ?

– Mais non. Qu'elle était une sacrée comédienne ! Vous faire venir sur le seuil de cette chambre d'hôtel, c'était comme rafler d'un coup tous les premiers prix du Conservatoire. Ses cinquante ou soixante années d'une belle carrière gâchée, sacrifiée à je ne sais quoi, elle les a rattrapées en une seule scène. Muette, de surcroît. Une fameuse artiste, oui ! Personne n'aura jamais autant joué la comédie pour de vrai, comme vous dites, que Valentine ce matin-là. »

Les yeux de mon compagnon retournent à l'école buissonnière. Il rêvasse ; on dirait le petit Truchot derrière sa vitre.

« Dis donc, ce ne serait pas à cause de moi qu'elle aurait renoncé ? finit-il par murmurer.

– Ça, je puis vous assurer que non. Je ne connais pas le nom du coupable, mais je sais qui c'est. D'ailleurs, elle n'a pas renoncé. Si ça peut vous consoler, elle ne renoncera plus jamais de la vie, à présent.»

Il scrute mon visage.

«Alors que moi, j'ai renoncé avant de commencer, hein?... Oui, peut-être que je me suis trompé sur toute la ligne. Peut-être que l'essentiel du théâtre, après tout, ce n'est pas au théâtre que ça se passe...

– Un comédien, dis-je, devrait être capable de se surpasser en jouant son propre rôle lorsqu'il va chercher le pain.

– Je n'ai jamais été foutu de jouer mon propre rôle, mon pauvre Maurice! Ne prétends pas que ce détail a pu t'échapper.

– Et là, qu'êtes-vous en train de faire?

– De déconner sur un pont, depuis des heures, dans les habits d'un autre. Mais je commence à en avoir ma claque, vois-tu.

– Ah oui? Et la vie imaginée, alors, qu'est-ce qu'elle devient, dans l'affaire? La fleur de l'innocence, elle a perdu sa fleur, ou quoi? Vous lâchez déjà le morceau?»

Il s'ébroue. On dirait un boxeur marquant le coup. Mais, à ma grande surprise, il récupère en un clin d'œil.

«Non! Tu as raison. J'avais raison. A la charge! Ce qui n'existe pas, il suffit de l'inventer.

– Il ne suffit pas, dis-je. *Il faut* et il suffit.»

Les premières gouttes se mettent à tomber. J'en reçois une qui claque sur ma tempe. D'un geste machinal, il ôte son galurin et s'apprête à le glisser sous sa veste, contre son cœur.

«Il faut et il suffit, dit-il en se détachant du parapet, c'est la bonne formule. Et tu ne sais pas ce qu'il faut pour commencer, mon petit père?

– Je vous écoute.
– Il faut se suffire à soi-même ! »

Là-dessus, discobole inspiré, il envoie le couvre-chef planer par-dessus la Grande-Jatte et coiffer les vieux rêves toujours neufs de Georges Pierre Seurat, impressionniste comme mon père était buveur : scientifique

Plus tard, nous sommes allés chez lui (il aurait fallu marcher plus d'un kilomètre encore pour atteindre mon studio) et nous avons dormi. Nous avons basculé dans le néant à l'instant où nos têtes touchaient, la sienne son oreiller, la mienne la peluche violine d'un cosy fleurant le chat mort, la poussière et le renfermé. Lorsque nous avons rouvert les yeux, la nuit commençait à pâlir. Encore un peu et nous faisions le tour du cadran.

Jusqu'aux défilés des 30 et 31 en faveur du régime, au retour de l'essence dans les pompes, à la gueule de bois générale précédant les élections du 23 juin (« Des veaux, dévots, des votes »), nous ne nous sommes guère quittés. Il m'avait interdit de lui donner du « Patron » plus longtemps. Il exigeait que je l'appelle Édouard et que je le tutoie. Sa voix, ses intonations ne ressemblaient presque plus du tout à celles de Jouvet. Il mettait une pièce dans une tirelire spéciale chaque fois qu'il se surprenait à retomber dans sa vieille ornière. Je me souviens que ce fut l'un des très rares moments de mon existence où – sans oublier Valentine, sans l'oublier une seule seconde – je n'ai été nostalgique de rien. « Dix ans, ça suffit ! » criait-on dans les rues. Ça suffisait, la vieillerie du monde, le sabre et le goupillon, la gloire immortelle de nos aïeux. Je me souviens que, le 12 mai, alors que je prenais avec Édouard une espèce de petit déjeuner dans le bric-à-brac qui lui servait de bureau, mais qui évoquait plutôt un coin de grenier provincial, je lui ai résumé notre épopée, à Valentine et à moi, des faubourgs de Bruxelles aux collines de Rome. Il m'écoutait, les yeux mi-clos, comme perdu dans un brouillard de Chesterfield.

L'un des murs de la Mutualité chantait : « Déjà dix jours de bonheur. » Plus tard, pendant la grève générale, lors d'une autre marche entre le Ve arrondissement et la banlieue ouest (une marche forcée, celle-là : il n'y avait plus de transports en commun ni de carburant pour les particuliers), j'ai évoqué le Haut-Kœnigsbourg, le café des Vosges, la photo d'Audrey Hepburn sur le mur du séjour, le gamin dans le car, les grenouilles de Phaffans, le gewurz du patron, le champagne-pour-tout-le-monde, les icônes embrumées de l'Arsot, un jour vraiment plus beau que tous les autres jours, le sapin et la grande étoile de strass, la messe de minuit, le réveillon, l'éclat des bottines Pollini dans les profondeurs de la Morgan, le cuir du siège tardant à décongeler sous mes cuisses et contre mes omoplates, la buée s'étalant sur le pare-brise ainsi qu'une goutte d'encre en négatif tombée sur du Canson mouillé, « Joyeux Noël, Momo », ci et ça, tous mes petits trésors déballés à ses pieds.

Plus tard, ça me revient, nous avons fréquenté le joyeux grisant boxon du théâtre de l'Odéon, « libéré » d'on ne savait trop quoi par on ne savait trop qui, mais je vous promets que les gens n'y avaient pas leur langue dans leur poche. « CRS qui visitez en civil, faites très attention à la marche en sortant. » Simoneau, du balcon, se déchaîna un soir contre le monopole de la « critique de classe normative et flicarde » et la confiscation (« objective », il va de soi) des salles de spectacle par une maffia de parvenus incultes, corps et âmes convertis à l'économie de marché. Mon Petit Vieux se lança trois nuits de suite dans un vibrant plaidoyer en faveur d'une mystérieuse « dramaturgie au quotidien ». J'ai moi-même pris la parole une fois à propos de l'« administration fasciste » à laquelle étaient soumis les confrères en tournée, que j'invitais à fonder des soviets pour contrecarrer la tyrannie des régisseurs. Je découvris, deux travées devant moi, Belloyzeaux qui m'applaudissait à tout rompre, une paire de cannes anglaises coincée entre ses genoux.

Plus tard, j'ai acheté sur le boulevard des cigarettes orientales, des bâtonnets d'encens, le *Manifeste du parti communiste* en livre de poche et un poster de Che Guevara. Aujourd'hui encore, de son regard profond, le « Commandante » contemple par-dessus ma tête les lendemains qui chantent, chaque fois que je me rends aux toilettes. Mais je n'ai toujours pas ouvert le *Manifeste*.

Plus tard, nous avons fondé, Édouard et moi, l'École populaire d'art dramatique de la commune de Colombes (E.P.A.D.C.C.). Avec cette devise : « Pour un réalisme imaginé. » Pendant un peu plus d'une semaine, ce fut un franc succès. Le local où, naguère, j'avais donné la réplique à Valentine, connut une affluence sans précédent. Certes, cette presse ne nous permettait pas toujours de dispenser notre enseignement dans des conditions idéales. Mais, adeptes de la non-directivité, ouverts de surcroît à l'autocritique, nous nous faisions un devoir de laisser le champ libre à tous ceux qui se mettaient dans nos jambes. Prétendre qu'ils n'en abusèrent pas serait les calomnier. « Ne vous emmerdez plus, emmerdez les autres. »

Ainsi l'École devait-elle remplir une fonction débordant

assez largement le cadre qu'elle s'était fixé. Si jamais salle mérita d'être appelée polyvalente, à coup sûr ce fut notre local : salle des pas perdus, salle de garde, salle de soins, salle des ventes, salle d'études, salle d'armes et salle des fêtes, salle de bal. Point de rassemblement pour asociaux et bourse du travail à l'usage des désœuvrés. Dortoir tant diurne que nocturne. Baisodrome permanent. Fumerie clandestine, dont on trouvait le chemin grâce à des graffitis d'un mètre de haut tracés en plein milieu de la chaussée. Tribunal du peuple où une grande pénurie de prévenus était compensée par une pléthore d'accusateurs. Officine maoïste dans un coin; centre de méditation anarcho-bouddhiste dans un autre. Laboratoire de calligraphie murale et de peinture à fresque. Studio de répétition que se disputaient divers groupes de musiciens venus quelquefois de fort loin et dont la pratique illustrait un spontanéisme intense, pour ne pas dire insoutenable. Ceux-là se chamaillaient sans cesse mais communiaient dans l'intime conviction que les règles élémentaires de l'harmonie avaient été édictées par le docteur Goebbels en personne, en prélude à la Solution finale. D'aucuns découvrirent avec indignation que l'idéologie dominante avait rangé les notes de la gamme de manière à obtenir une mélodie d'une déliquescence sordide.

Bien des fois, lorsque nous nous échinions en vain à catéchiser, au milieu de la fureur et du bruit, la poignée d'élèves-comédiens qui avaient pu se frayer une piste jusqu'à l'estrade, notre irritation faillit transparaître. Pourtant, je sais que nous étions… je ne dirai peut-être pas «heureux» – j'aurais l'impression de trahir Valentine – mais gais. Oui, gais, du matin au soir et du soir au matin. Gais de toute notre âme. Prodigieusement gais.

Nous nous sentîmes las, las et fragiles, quand, le 1er juin, après la lecture des journaux du matin, disciples et envahisseurs se retirèrent jusqu'au dernier : une marée d'équinoxe abandonnant sur le sol un varech de vestiges, quelques flaques où marinaient des sédiments divers, reliques souvent incongrues parmi lesquelles un doux cancrelat jouait les crabes de vase.

Mon Petit Vieux – jeans délavés, bottillons à talons hauts, chemise échancrée jusqu'au nombril, petit foulard carmin noué autour du cou – considérait l'un après l'autre nos murs dont les hurlements eux-mêmes semblaient s'être pétrifiés.

«Je suppose, dit-il, que dix jours, ça suffit.»

Là-dessus, il se saisit d'un pinceau et d'un pot de peinture blanche qui traînaient dans des débris de carreaux cassés. Derrière l'estrade, il traça en diagonale et en lettres énormes, barrant les couches primitives, ce message que j'avais déjà lu quelque part : *A bas le sommaire, vive l'éphémère!*

D'un accord tacite, nous avons commencé à faire le ménage. Édouard est allé chercher un grand seau, un balai dépenaillé, des cuvettes, des brosses, des chiffons. Quand la fête est finie, on décroche les guirlandes et on déblaie les serpentins. Une bonne partie de l'après-midi y a passé. Nous ne nous sommes même pas interrompus pour manger un morceau. Travaillant chacun de notre côté, concentrés sur la besogne, nous n'avons pas échangé quatre paroles. Mille saloperies s'empilaient dans le caniveau, sur les tessons de la tirelire que nos protégés avaient fracassée.

Le vitrier est venu, le vitrier est reparti. Et nous voilà, avec Édouard, mon premier ami de cette main-là, mon préféré, mon seul, assis côte à côte au bord de l'estrade, le regard vacant, la nuque lourde, les poignets éboulés entre les genoux.

Il me dit :

« La vie, elle a repassé. On a eu comme un petit rab… Il ne faudrait pas trop en demander, quand même. Toi, tu es jeune, j'espère. Rappelle-toi que tu es jeune, mon petit vieux, le plus longtemps possible. Moi, le plus gros est fait. Je ne vais pas défier le sort. As-tu vu ce film où Picasso, après avoir bousillé cent fois le chef-d'œuvre qu'il imaginait dans l'espoir d'obtenir le chef-d'œuvre que ni lui ni personne n'aurait seulement pu entrevoir, recule d'un pas au beau milieu d'un coup de pinceau et annonce : "Je laisse comme ça"?… Je laisse comme ça, Momo. Je n'ai pas de chef-d'œuvre à présenter, pas la queue d'un, mais je laisse comme ça. Je me retire avant le rideau. Je sors à reculons par l'entrée des artistes, pendant que je peux encore le faire, et je vais me mettre les doigts de pieds en bouquet de violettes. »

Moi, du bout des lèvres, contemplant le parquet sans le voir :

« La quille, bordel ! »

Il opine du bonnet. Poursuit :

« J'ai hérité d'une maison – oh, ne va pas te faire des idées : rien qu'un ancien réduit de garde-barrière, dans la presqu'île de Crozon. Mais c'est là que je suis né. Chaque année, une ou deux draisines du service d'entretien et quelques trains de marchandises s'égaraient encore dans les parages, en ce temps-là ; je sonnais la cloche et ma mère actionnait la manivelle en sorte que la barrière se ferme au nez du malheureux cycliste qui, comme par hasard, dévalait à ce moment précis le raidillon de la départementale et, sa machine à l'épaule, devait traverser les voies en serrant les fesses à cause des prophéties de malheur dont nous prenions un malin plaisir à l'accabler. As-tu visité la presqu'île de Crozon, Momo ? *(Je fais non de la tête.)* C'est fou le nombre de choses qu'un homme peut ignorer quand son voisin a le sentiment de trop les connaître… Tu ne sais même pas où ça se trouve, avoue ! *(J'avoue.)* En Bretagne, mon ami, dans le Finistère, entre Châteaulin et Plougastel. Chef-lieu de canton. Façades anciennes. Retable du XVIIe. Dans une église du XXe, remarque : on ne peut pas tout avoir. *(Il soupire.)* Je ne te demande même pas quelle célébrité a vu le jour à Crozon ?… Allez, cherche, secoue-toi un peu ! Je te le donne en mille. Tu n'y croiras jamais – et pourtant ça devrait te venir tout seul à l'esprit. Alors ?…

– Je sèche.

– Parce que tu ne t'appliques pas ! Ç'a toujours été ton péché mignon… Louis Jouvet, mon petit vieux, le Bon Dieu en personne ! La vie est bizarre, hein ? A moins qu'elle ne le soit pas assez. Tu vois, dès le départ, j'étais bon comme la romaine ! Mais parlons d'autre chose, puisque la page est tournée. Une petite dizaine d'années, si je ne fais pas de folie, tu crois que ça suffira pour que j'oublie tout à fait mon texte ?

– Pourquoi l'oublier ?

– Parce que ça occupe, tiens ! On ne le dirait pas, mais c'est délicat, l'oubli, c'est toute une aventure. Tandis que se souvenir est à la portée de n'importe quel imbécile. Se souvenir n'exige aucun effort. Ça peut même se faire en dormant, et, pendant ce temps-là, le temps s'étire, s'étire… Surtout le long d'une portion de ballast envahie par les herbes folles, tu n'imagines pas !

– C’est vraiment ce que tu souhaites, Édouard : oublier ton texte en laissant ton regard glisser sur des rails rouillés ?

– Et toi, Momo, devant la recrudescence des vols de sacs à main dans les salles de spectacle, quel monde idéal construis-tu dans ta tête ? Laquelle de tes aspirations places-tu devant toutes les autres ? Parle sans haine et sans crainte.

– Sans haine, en tout cas. Ce que je désire le plus au monde, c’est dormir sans dormir en compagnie de Valentine Lambrecht à l’hôtel du Lion, dans la nuit du 24 au 25 décembre de l’année passée. Et casser un guéridon ou deux, si ça ne coûte pas plus cher.

– Compliments, mon petit père : tu as des vœux tout à fait sensationnels. Et une fois que celui-ci sera exaucé ?

– Eh bien… Je ne détesterais pas revoir Valentine Lambrecht une dernière fois, mais alors à l’improviste. Tu sais, à un coin de rue, des années plus tard, comme au cinéma… Ou plutôt dans une allée du Luxembourg, tiens !

– Raconte-moi ça, camarade.

– Il ferait beau. On dirait que ce serait en novembre, mais il ferait beau. Vraiment beau, comme des fois. Tu y es ? Bon. Alors, il fait beau. J’ai besoin d’être un peu seul. Je vais le nez au vent, les yeux perchés en haut des arbres… Quand la tête me tourne, j’abaisse le regard – et voilà que Valentine marche à ma rencontre.

– Oui, je la sens bien, cette scène-là. Continue. Valentine marche à ta rencontre : qu’est-ce que tu lui dis ?

– C’est elle qui parle. Moi, tu comprends, je cherche mes mots. Elle me dit… une seconde… Elle dit : *Mais voilà quelqu’un dont le visage ne m’est pas inconnu.*

– Je l’entends comme si j’y étais.

– Et moi…

– Oui ?

– Qu'est-ce que je peux bien lui répondre ?

– Concentre-toi un peu, nom d'un chien !

– Excusez-moi. Je reprends tout. Valentine Lambrecht : *Mais voilà quelqu'un dont le visage ne m'est pas inconnu.* Moi, du tac au tac : *Maurice Truchot, tu te souviens ?*

– Hum ! Ça n'est pas fameux mais, au moins, te connaissant, ça ne manque pas d'un certain réalisme. *(A son insu, il a repris la voix de Jouvet.)* Et alors ?

– Alors ?

– Alors, je vais te dire : elle s'en va parce que même en promenade dans les jardins du Luxembourg, la patience d'une jolie fille a ses limites.

– Remarquez *(moi aussi, c'est à mon insu que je me suis remis à le vouvoyer)*, il y a quand même du progrès : la fois précédente, c'est moi qui m'étais sauvé à toutes jambes… Justement, si je glissais une allusion à cette débandade ? Qu'est-ce que j'ai pu être con ! Je pourrais dire quelque chose du genre : *Tu vois, le criminel revient sur les lieux de son crime.* Et elle me répondrait (en souriant, bien entendu) : *Tu as tué quelqu'un au Luxembourg ?*

– Le sourire de Valentine, il faudra me travailler ça, dis donc.

– Attendez ! Cette fois, j'y suis. *Tu as tué quelqu'un au Luxembourg ?* Moi : *J'ai tué quelque chose.* Elle : *Si c'était vrai, tu ne serais pas ici.* Moi : *N'empêche que, ce jour-là, j'aurais voulu que ça ne s'arrête jamais. Résultat : au bout de dix minutes, j'avais trouvé un prétexte pour détaler.* Valentine : *Et aujourd'hui, vas-tu de nouveau me planter là, Momo ?* Momo : *Et toi, vas-tu de nouveau repartir dans ta Morgan ?* Valentine :… »

Là, j'ai comme un trou. Mais il vient à mon secours :

« Valentine : *Seulement si tu pars avec moi.*

– Où irions-nous ? A Venise ?

– Au bout du monde, bien entendu. On va tout plaquer et se suivre l'un l'autre au bout du monde. Mais si nous commencions par une petite étape chez toi, à Colombes, qu'en penses-tu ? »

Pendant sa réplique, j'ai vraiment vu passer sur son visage une expression qui n'appartenait qu'à Valentine Lambrecht, la Valentine qu'il ne pouvait pas connaître, celle d'Ostende et d'*Al Teatro*.

Je me suis lustré les paupières et j'ai dit :

« On ne va pas tout de même pas se quitter comme ça. Avant que vous ne regagniez Crozon… »

J'ai fouillé mes poches. J'ai fini par mettre la main sur un tract dont je n'avais pu me séparer parce qu'il proclamait : *L'ennui est contre-révolutionnaire.* Je l'ai retourné ; j'ai tendu la feuille blanche à mon ami, le dernier que j'avais sur la terre.

« … j'aimerais avoir votre autographe. »

Il m'a dévisagé un bon moment, les yeux mi-clos. De sa poche revolver il a tiré son paquet de Chesterfield.

« Tu pourrais au moins m'appeler Patron ! a-t-il fini par ronchonner.

– Patron, j'admire beaucoup ce que vous faites. Rien qu'un autographe, s'il vous plaît, avant d'éteindre la table de maquillage. Je m'appelle Maurice.

– Qu'est-ce que je mets, mon petit vieux ? *Pour Maurice, avec toute ma sympathie* ?

– *Pour Marie-Thérèse et Maurice, avec mon meilleur souvenir,* si vous voulez bien. Tant qu'on y est, vous n'auriez pas une photo ? »

RIDEAU

On s'écrivait. On s'écrivait régulièrement. Elle n'avait toujours pas le téléphone. Elle m'écrivait des lettres qui disaient toutes la même chose. Au mot près, vers la fin. Et moi, je m'évertuais à inventer chaque fois de nouveaux mensonges qui devaient être calqués sur les anciens au millimètre près. Du moins je le suppose. Avant de la brûler avec les photos d'artistes, je n'ai pas eu le cœur de relire cette énorme, énorme et dérisoire correspondance.

Le 30 juin 1997, vingt ans plus tard, je retourne là-bas pour la première fois. Ébahi, je retrouve une ville à l'italienne. Une ville pastel, débarrassée de ses mousses, de ses lichens, de ses fanges, de ses abcès, de ses décombres, de ses recoins obscurs et de ses vieux mystères malodorants. Frottée à l'antirouille. Plantée d'emblèmes futuristes, de téléphoneurs cellulaires cloués au trottoir, une patte levée parfois comme les flamands roses, et d'une fontaine misanthrope qui vous crache dans l'œil, près du Rex effacé de la carte. A quoi pourra-t-elle bien ressembler lorsqu'elle aura vieilli de nouveau ?

Nous sommes arrivés par le train, l'auteur et moi. Nos noms et le titre de la pièce dont je suis l'unique interprète, la pièce où il est question de Mai 1968, défilent sur le bandeau lumineux qui, à présent, couronne le fronton du théâtre municipal. Depuis quelques années, l'établissement a été rebaptisé théâtre Granit. Henri Taquet, son directeur, a eu l'idée de commander un texte dramatique à cet écrivain, jusque-là spécialisé dans la nouvelle et le roman, qui connut son quart d'heure de notoriété, écourté par un prix littéraire, il y aura une quinzaine d'années. Le hasard a voulu que j'aie lu quelque chose de lui avant sa brève rencontre avec le succès. Un fragment de paragraphe que ma mémoire avait enregistré me revient dans les toilettes du wagon : « *Je marcherais sur un étang gelé l'après-midi splendide du réveillon de Noël et je serais avec mon écriture un homme comme il y en a tant, c'est-à-dire un homme comme il n'y en aura plus parce que les hommes s'en vont… On les appelle. Ils n'écoutent pas. Mais ils s'en vont.* » Ainsi, ces phrases raboteuses ne m'ont jamais quitté. Aujourd'hui comme le jour où je les ai découvertes, elles remuent je ne sais quelles eaux troubles au plus broussailleux de mon jardin secret, sous les ronces. De quel ordre peut bien être l'affinité qui nous lie, cet homme et moi ? Je l'ai dit, son monologue m'allait si bien qu'il m'arrivait d'oublier que je n'avais pas écrit les mots qui, soir après soir, me venaient de plus en plus spontanément aux lèvres. Ça ne l'irritait pas du tout, au contraire. Aux répétitions, il buvait du petit-lait quand je l'accueillais d'un : « Mais qu'est-ce que vous venez faire ? Il ne vous concerne plus, ce texte ! » A part cela, *Rue Gay-Lussac* me fournissait mon premier vrai grand rôle, après tant d'années passées en vain au pied du téléphone. La gloire impose aujourd'hui une promiscuité douteuse, il ne faut pas se le cacher, mais, jusque-là, ce désagrément m'avait été épargné au-delà de toute espérance.

La pièce avait été conçue pour le théâtre en appartement. A la rigueur, on aurait pu la jouer dans le séjour, rue du Quatre-Septembre. Qui sait si les nouveaux locataires ne s'étaient pas inscrits pour m'accueillir ? J'aimais autant ne pas y penser. La formule du spectacle à domicile, au demeurant peu exploitée, était dans ma ville natale une première, aussi Henri Taquet avait-il organisé pour la promouvoir une « rencontre avec le public » à la nouvelle Fnac. Je n'ai jamais connu l'ancienne ; elle a brûlé, ou quelque chose comme ça. Celle-ci, monumentale, s'ouvre sur le « piétonnier ». On peut donc espérer, me glisse l'auteur, que des passants viendront se joindre à la poignée d'oisifs que ne manquera pas d'attirer cet événement culturel d'un retentissement considérable.

En fait, si la salle est petite, elle est occupée aux trois quarts. Ce qui ne fait pas mes affaires. J'espère qu'on ne me posera pas trop de questions. L'auteur, lui, paraît à l'aise. J'observe pourtant que ses mains tremblent.

L'animateur nous présente. Les doigts croisés, mon compagnon fixe le tapis vert. Pour me rassurer, j'adresse un sourire à Henri qui s'est installé au deuxième rang. Je dois vraiment être hanté par la pièce, car j'ai le sentiment de voir un peu de la gaieté sans condition et sans espoir de

Mai, de la gaieté de Colombes en Mai, pétiller derrière ses lunettes…

Un homme d'une trentaine d'années se lève. Par chance, ce n'est pas à moi qu'il s'adresse.

« Michel Pommier, se présente-t-il, professeur de lettres à Courbet. *(Je n'ai jamais entendu parler d'un lycée de ce nom.)* Si j'ai bien compté, vous avez publié plus de vingt-cinq titres en un peu moins de vingt-cinq ans…

– Hélas ! laisse tomber mon voisin.

– Justement. Ne serait-on pas en droit de vous reprocher d'être… trop prolifique ?

– Si j'en juge d'après le nombre de personnes qui se le sont arrogé, c'est une éventualité qu'on ne peut écarter d'emblée. »

Tout le monde rit, sauf l'intervenant qui prend, lui, la littérature au sérieux.

« Mais pourquoi écrivez-vous tant ? s'impatiente-t-il.

– Par souci d'équité.

– Comment cela ?

– Pour équilibrer les plateaux de la balance : j'écris trop parce qu'on ne me lit pas assez. »

Henri a d'autres obligations, ce soir-là. Nous échouons, l'auteur et moi, dans le restaurant plus ou moins belge qui a pris la place de l'A.B.C. et où se rassemblent les amateurs de karaoké.

Je raconte les émotions que me donnaient les vedettes de variétés dans mon enfance, rue du Quatre-Septembre. Se souvenir n'exige aucun effort. « Hé oui ! soupire-t-il. Tu te souviens de Jean Constantin ? Et de Caterina Valente ? Et de Félix Leclerc ? Et de Mouloudji ? Et de François Deguelt ? Et de René-Louis Lafforgue ? »

C'est la première fois qu'il me tutoie. Je n'ose pas embrayer. Il n'en a cure. Commande une autre bouteille. Indifférents aux braillards qui nous cernent, nous chantonnons à l'unisson sur nos frites *Wa-ter-loo mor-ne mor-ne mor-ne plai-ne... C'était un shah un shah-shah si pui-pui si puissant... Quand el-le s'ennuie dans sa mansarde, Lola vient écouter...* Contenant mon émotion avec peine, j'entonne : *C'est un petit bonheur, que j'avais rencontré...* Lui, dans ma foulée : *Un jour, tu verras, on se rencontrera, quelque part n'importe où, guidés par le hasard...* Ça hurle autour de nous : *Le lundi au soleil, c'est une chose qu'on ne verra jamais...* Je propose d'aller finir la soirée au buffet de la gare qu'on aperçoit de notre table, sous le minaret. Il se laisse conduire, c'est une valse.

Au buffet, voilà que ça me reprend. Sans préambule, je lui sors toute mon histoire. De «Profite donc!» à «Pour Marie-Thérèse et Maurice», je ne lui fais grâce de rien. Une section de panzers ne pourrait pas m'arrêter. Il m'écoute. Je lis dans ses yeux qu'il ne fait pas semblant. Je crois qu'il est presque aussi troublé que moi par ce que je raconte.

La télévision diffuse des images de Hong Kong en train de refermer la parenthèse sur une époque qu'elle ne laisse pas dans l'état où elle l'a trouvée en entrant. En 1898 et jusqu'au début des années 50, ceux qui venaient s'y établir projetaient tout au plus de survivre, sans trop y croire. D'autres ont cru pouvoir en faire un paradis beau comme une agence bancaire, une ruche bourdonnant d'abeilles en chemisette blanche fermée par une cravate club. Hong Kong laisse derrière elle un endroit plus clignotant et plus interlope qu'une fête foraine. Le gouverneur de Sa Majesté pleure dans son casque. L'Armée rouge observe dans les faubourgs un maintien digne et modeste. *Que reste-t-il de nos amours?* Que reste-t-il de nos défaites, de nos rancunes?

Nous sommes logés au Tonneau d'Or, par-delà la rivière. Ce fut longtemps l'hôtel des gens cossus, puis il ferma ses portes. Restauré, il espère accueillir l'élite européenne en transit. Des capitaines d'industrie, de très hauts fonctionnaires. Des éminences grises dorées sur tranche, abandonnant à des officines mal connues du grand public leurs notes de blanchisserie. En attendant, il doit se contenter de nous.

Sur le pont Corbis, j'adopte la pose que Mon Petit Vieux prit à l'aplomb de la Grande-Jatte, un certain samedi. Des jets d'eau encensent avec grandiloquence le lit pisseux de la Savoureuse. Immobile devant moi, le dos au théâtre où nos deux noms s'obstinent à se courir après, mon compagnon semble attendre la suite. Quelle suite? Ça n'est quand même pas écrit sur ma figure, que quelque chose me reste sur l'estomac!…

Et puis, tout à coup, je suis en train de vider mon sac :

« On s'est perdus de vue, mais j'ai appris qu'il n'était jamais rentré à Crozon, le Jouvet de Colombes, vous savez, le Jouvet des illusions. Et qu'il n'avait jamais plus donné de cours à personne. Un moment, il a tenté sa chance dans des compagnies "décentralisées". Il faisait tache : sa figure, sa dégaine, son style, ses références… Cet homme pouvait presque tout jouer; pourtant, sans le faire exprès, les metteurs en scène ne montaient que des pièces où il n'y avait pas de rôle pour lui. Rien de personnel, comme on dit : simple question de mode, simple question d'époque…

Alors, que voulez-vous ? il s'est rabattu sur ce qui lui restait : les "silhouettes" au cinéma, les arbres de Noël, les veillées poétiques dans une salle mal chauffée prêtée par la chambre de commerce… Et, pour finir, ç'a été *La Tirade des nez*, sans hallebarde mais dans le métro, vers six heures du soir. C'était encore une veine : autrement, sa mort n'aurait pas fait un quart de colonne dans la presse nationale et, faute d'en être averti, je n'aurais pas pu assister à l'enterrement. Valentine Lambrecht non plus…

« Nous devions être les seuls de l'ancienne bande, les seuls de la profession tout entière à feuilleter *France-Soir*, parce que, si j'oublie les croque-morts et deux vieilles curieuses qui nous avaient emboîté le pas, leur cabas à la main, il n'y avait personne d'autre au bord du trou. Même pas un prêtre : il avait dû le décommander par testament.

« On ne l'a pas inhumé de nuit en terre non consacrée, mais c'était tout comme. Ça se passait dans une bourgade du côté d'Orléans. Je n'ai pas cherché à savoir pourquoi : j'avais déjà eu bien assez de mal à trouver une correspondance pour arriver jusque-là. Sur la tombe, on déchiffrait un nom qui n'avait pas été gravé d'hier et qui n'était pas le sien. Un nom qu'on entend tous les jours – Martin, Renard, Lévy… j'ai oublié lequel au juste.

« La question vous brûle les lèvres, hein, ne me dites pas le contraire : et Valentine ? Eh bien, puisque vous voulez tant le savoir, sur son visage le temps n'avait pas eu de prise. Notez bien ça. C'est une déclaration solennelle. Répétez-la autour de vous. Dites à tout le monde que Valentine était toute pareille au souvenir que j'en avais gardé. Ceux qui prétendent que si j'étais tombé sur elle au Luxembourg, plutôt qu'au bord de ce trou dans ce trou perdu, je ne l'aurais même pas reconnue, ceux-là ne savent rien des femmes qui vont et viennent, des amours au conditionnel et des vies imaginées. Ceux qui prétendent qu'elle avait *grosso modo* dix-huit ans de plus que dix-huit ans plus tôt, je les emmerde tous, entendez-vous, qu'ils aillent se faire mettre ! Je les vomis, tous ces cons qui ne se fient qu'aux apparences. Qu'avions-nous à faire des apparences, je vous demande un peu ? Les apparences ne comprennent rien à rien, je suis payé pour le savoir. Les apparences ! Voulez-vous que je vous dise ? Les arbres étaient moches, le gravier était moche, le ciel était moche, même l'air qu'on respirait était moche. Même le silence…

« Je cherchais mes mots. Elle m'a dit : "Ça ne peut pas être vrai, ce qui se passe ici entre nous trois. On n'y arrivera jamais. Ça part de trop loin… Jouons-le, Simon, s'il te plaît, jouons-le."

« Sa voix n'avait pas du tout changé, mettez-vous bien ça dans la tête. Autrement, ça m'aurait frappé, non ? On a joué quelque chose de beau. Je crois. C'était comme si notre dialogue avait été écrit par quelqu'un d'autre : du coup, on n'avait plus besoin de se parler pour de bon. Nos gestes imitaient d'autres gestes, des gestes d'autres gens : nous, au fond de nous, nous étions comme la momie du Patron dans son sarcophage de sapin. Nous étions deux statues de sel, réciproquement inaccessibles. Les croque-morts courbaient la tête, évitant de nous regarder. On a joué les retrouvailles, les funérailles, autant qu'on a pu. Puis on a joué les adieux. En écrasant le champignon, Valentine pourrait être de retour à la tombée de la nuit. Ce furent des adieux très comme il faut, cette fois. Sobres. Délicats. Pudiques, je ne vous dis pas. De beaux adieux de théâtre, mais dans le goût d'aujourd'hui : sans le moindre bruit de grelots. Surtout, ne venez pas me dire que j'étais soulagé. Comment aurais-je pu l'être alors que Valentine Lambrecht allait disparaître de ma vie pour toujours ?

« Tout à la fin, quand même, je n'ai pas pu m'empêcher de demander : "Alors, est-ce qu'on y est arrivé quand même ?"

« Elle n'a pas répondu. Elle m'a dit : "Tu prendras soin de toi, n'est-ce pas ?"

« Je le lui ai promis. Et j'ai tenu ma promesse. J'ai commencé tout de suite après son départ. Je me suis gâté, ce jour-là, mon cher : figurez-vous que je me suis acheté un chapeau. Je l'ai toujours. En parfait état. Il faut dire que je ne l'ai pas mis souvent ; je ne le sors que dans les grandes occasions. En me voyant avec ce truc sur le crâne, dans ce bled près d'Orléans, qu'est-ce que les gens ont bien pu penser de moi ? Qui pouvait encore porter ça, au milieu des années 80 ? Il y avait belle lurette qu'on ne voyait même plus, dans les rues de France, ces stupides cotillons tyroliens, vous savez, avec la petite plume sur le côté. Alors, le feutre mou, pensez donc !... Le type du *Profit du Travailleur* a dû aller m'en pêcher un dans sa réserve. Un petit bonhomme très affable, très rendant service. Il m'a demandé si c'était pour un déguisement. Et moi, je lui ai dit oui, pour ne pas me perdre dans des explications sans fin.

« Sur le dos, je n'avais que ma vieille pelure. Écossaise à carreaux. Elle ne convenait pas du tout pour des obsèques. Je me suis rattrapé : j'ai fait l'emplette d'une veste sombre, dans la vague intention de retourner sur la tombe. Cet article-là était en solde (comme la plupart des autres, à vrai dire). De son propre mouvement, le type m'a consenti un rabais supplémentaire parce que les manches étaient un peu trop longues et que j'étais bon client. Les affaires n'avaient pas l'air d'aller très fort... Quand j'ai quitté le *Profit du Travailleur*, je n'ai pas repris la direction du cimetière. J'ai décidé de marcher jusqu'à la gare. De toute façon, j'avais plus de trois heures devant moi. Beaucoup plus de trois heures. Trois heures et une éternité. J'aurais repris mon vrai nom si ç'avait encore fait la moindre différence pour quelqu'un. Et puis...

« Et puis c'est tout. La première goutte s'est écrasée pile sous mon nez, exactement comme un matin de 15 août devant la pâtisserie en face de Saint-Joseph, des siècles plus tôt – des siècles ou une poignée de secondes. Il s'est mis à pleuvoir des chiens et des chats. J'avais grandi, bon gré mal gré ; je n'ai pas pris mes jambes à mon cou. Je n'ai pas essayé de m'abriter non plus. J'ai fourré mon chapeau neuf comme ça, sous mon vieux veston, contre mon cœur, et j'ai continué de marcher. J'ai seulement continué de marcher. Aussi simple que ça, mon petit vieux. »

DU MÊME AUTEUR

Alain Gerber a reçu le Grand prix du roman de la Ville de Paris pour l'ensemble de son œuvre

AUX ÉDITIONS ROBERT LAFFONT

La Couleur orange, 1975.
Le Buffet de la gare, 1976.
Le Plaisir des sens, 1977.
Le Faubourg des coups-de-trique, 1979.
Une sorte de bleu, 1980.
(Prix du roman populiste, 1982).
Le Jade et l'Obsidienne, 1981.
Le Lapin de lune, 1982.
Les Jours de vin et de roses, 1982.
(Bourse Goncourt de la nouvelle 1984),
(Grand Prix de la nouvelle 1984
de la Société des gens de lettres).
Une rumeur d'éléphant, 1984.
Les Heureux Jours de monsieur Ghichka, 1986.
Mylenya ou la maison du silence, 1991.
Une citadelle de sable, 1992.
La Porte d'oubli, 1993.
L'Aile du temps, 1994.
(Prix du Livre de l'été, Metz, 1995).
Quatre saisons à Venise, 1996.
La Petite Ombre qui court dans l'herbe, 1997.

AUX ÉDITIONS DU PAYSAGE

« L'Anniversaire de la Vieille Dame », nouvelle,
in *Alst'homme,* photographies Marc Paygnard, 1997.

AUX ÉDITIONS GRASSET

La Trace-aux-esclaves, roman, 1987.
(Prix Mottard 1988 de l'Académie française).
Le Verger du diable, roman, 1989.
(Prix Interallié 1989).

AUX ÉDITIONS ALIVE

Fiesta in Blue, vol. 1, essais, 1998.
Fiesta in Blue, vol. 2, essais, 1999.
(Prix Charles-Delaunay 1999 de l'Académie du jazz).

AUX ÉDITIONS DU ROCHER

Ce qu'on voit dans les yeux d'Iliyna Karopi, 1996.
(Prix Renaissance de la nouvelle 1997).
Les Débuts difficiles de l'écrivain Nathan Typpesh, nouvelle, 1996.
Le Sourire de Chaco, nouvelle, 1998.
Les Petites Chaises de Myrtiosa, roman, 1999.

AUX ÉDITIONS ISOÈTE

Jeter l'encre, 1993.

AUX ÉDITIONS PARENTHÈSES

Le Cas Coltrane, essai, 1985.

AUX ÉDITIONS TABLE RASE/MANYA

Montréal Blues, 1992.

AUX ÉDITIONS RENAUDOT ET CIE

Portraits en jazz, essais, 1990.
(Prix Robert Goffin 1991 de l'Académie du jazz).

AUX ÉDITIONS CASTERMAN

En collaboration, sous la direction d'Henri Renaud :
Jazz classique, essais, 1971.
Jazz moderne, essais, 1971.

AUX ÉDITIONS BAYARD PRESSE

Mon ami Emiliano Zapata, coll. « Je bouquine », 1985,
et Livre de Poche jeunesse, 1987.

Le Roi du jazz, coll. « Je bouquine », 1991,
et Bayard Poche, 1994.
(Label du Prix Versele).

La Vie buissonnière, coll. « Je bouquine », 1992,
et Bayard Poche, 1996.

Les Anges de Rio, coll. « Je bouquine », 1995.

Achevé d'imprimer en juin 2000
sur presse Cameron
par ***Bussière Camedan Imprimeries***
à Saint-Amand-Montrond (Cher)
pour le compte de la Librairie Arthème Fayard
75, rue des Saints-Pères, 75006 Paris

35-33-0922-01/1

ISBN 2-213-60722-2

Dépôt légal : août 2000.
N° d'Édition : 4178. – N° d'Impression : 002837/4.

Imprimé en France